合作社

我的生活方式

大貫妙子 著
黃碧君 譯

目次

稻作和押競饅頭 11
睽違十八年的家，我回來了！ 21
和壁虎世代共處 31
暗黑中的對話 41
去看樹懶 51
唱歌的我，不唱歌的時間 61
地球不是誰的 69
久違二十年的購物 77
快樂的事和開心的事 87
空蟬之夏 97
銀河 111
小錦 121
前往御藏島 131
陪伴雙親 143
失蹤的貓 153

有庭院的生活 165
一起用餐的喜悅 175
巡迴演唱的日子 181
禮物 193
前往東北的森林 201
對面的三間住家和兩側鄰居 213
母親，永別了 223
只有野貓和我的家 235
迎接、送往 245
在高野山唱歌 255
等待春天 263
卸下行囊 271
寫在最後 281

撮影　広瀬達郎（新潮社撮影部）
装幀　新潮社装幀室

我的生活方式

稻作和押競饅頭

像蓑衣蟲般一件又一件多層次穿搭的快樂季節又到了。我雖然注重穿著打扮，物慾卻愈來愈淡。這樣的變化，看來不是只有我一人，從書店擺放的雜誌也能察覺到這件事。

其實不限於物質，包含整體的生活，人們開始更加注重要如何才能心情舒暢、自由自在地過日子。先有了這樣的想法，再去思考包含其中的物質。從曾經是名牌商品掛帥的全盛時期轉向簡單生活，一開始焦點多放在如何減少物慾或是如何捨棄物品，但進化到現在，已經進階至接近自給自足的世界，像是如何享受鄉村的生活，或是學習耕種，抑或是古民宅的再生方法等。我想應該有很多人在腦中盤算著退休後要過這樣的生活吧。

但現實是嚴苛的，突然去到鄉下，一般人都無法立即融入鄉下的生活，耕種也不是輕鬆隨意就能學會的事。

我曾在二〇〇五年的夏天到位於櫪木縣大田原的農家打擾過好幾次，幫忙插稻秧和農耕。那是一戶從上一代開始就以有機農法栽種稻米的農家。

「先將稻苗放入機器裡，再一株株地植入飽含水的田畦裡。怎麼樣？想試看看嗎？」在主人的詢問之下，我握著方向盤戒慎恐懼地往前開，結果卻被主人嘲笑、大喊著要我「速度再加快一點！」雖然這麼說，但我想應該不能像開著BMW在高速公路上飆速那樣吧。

水田裡每年都會留下前一年收割後的稻梗。雖然田畦每年幾乎都會重新翻土，不過將稻梗留下來能作爲支撐，守護新稻苗不至於被風雨吹毀。在這種情況下，方向盤忽左忽右，讓我吃足苦頭。農家的人站在田畦前方，指示我前進的方向：「看著前方的人，朝著他前進就對了。」我遵照指示慢慢地摸索出要訣，來回往返於田畦中。回頭望著自己插下的稻苗，呈現歪歪斜斜的景況。

「眞的很抱歉，稻苗歪掉了。」我這麼說。「稻子一長大就看不出來了啦。」對方笑著回答。「大都市明明充滿了娛樂，你爲什麼要特地跑到這樣的鄉下來呢？眞想不通啊！」

因爲我很想知道稻米是怎麼生長的。近年來我深刻地感受到，只要有米就能生存下去。不過即使有錢，但說不定哪一天會面臨買不到米，或沒有人賣米的困境啊！然而事實上我現在才明白，想要栽種並收成自己一個人吃的白米，是多麼辛苦的一件事。不論是水的管理或溫度、肥料用量的調整等，一個外行人根本辦不到。總之，農事不是普通的忙碌，不論是水田或菜圃，每天都得拔除野草才行。

不使用農藥的稻田，最艱辛的就是拔草了。即使能使用機器來除草，但細微之處全得仰仗人工作業。在寸步難行的泥濘當中，不但拔到腰痛，連指甲縫也變得烏黑。況且稻穗還會割傷臉和手。更別說天氣眞的好熱！爲了不被曬傷，我戴了帽緣寬大、可摺下來包住頸部的棉質帽，但還是因爲水田反射陽光而曬傷了。

只靠年金儲蓄過日子，自己動手種點家庭菜園之類的，這樣自給自足的生活或許還滿愉悅的，但種稻可沒這麼簡單。在人手不足的現今，雖然有大型機具可以代勞，價格卻很昂貴。也想過和許多人一起合買機器，但插秧的農忙時節短暫，可沒有時間慢慢等機具輪到自己使用。

我本來想來幫忙插秧，事實上卻更像是來找麻煩，反而打擾了農家的作業。期待已久的稻穗收割時節，偏偏忙著音樂的工作無法前往，也無法看到早晚金黃稻穗搖曳璀燦的美景了。這一刻，我深悟到農耕以兼職的方式和心態是做不來的。

梅雨季結束，夏天就來了。一到颱風季節，每每看著天氣預報，總讓我不由得掛念起大田原的天氣。

孩童時期大人的諄諄教誨「鋤禾日當午，汗滴禾下土。誰知盤中飧，粒粒皆辛苦」，如今終於了然於心，有了切身體會。自從自己踏入田畦後，吃白米飯時的心情也變得不同。有了直接的關聯才會產生愛情，這個道理，不只適用於人或動物，面對食物也是一樣。年紀長至今日，這才終於明白。

想離開大都市，在空氣清新靜謐的大自然裡生活。這是如今住在大都市裡的人發自身體最直接的慾求吧。

爲什麼大家如此疲憊呢？這或許和泡沫經濟後的收拾殘局有關，但最主要的還是因爲沒有了夢想和希望吧。只能處於未來不知該往何處去的不安當中，一種究竟應該相信什麼才好、不知所措的失落感。這股不安無法表現出來，更說不出口，只要一說出來，似乎就變成鎖住自己雙腳的枷鎖，令人畏懼。因此，只能將之深藏於心裡。但雖然藏住、鎖住了，毛細孔和吐出的氣息仍舊洩漏了心情。景氣太壞了。景氣，並非單指經濟方面。

在電車上，在公司裡，甚或在居酒屋中，著實難得見到充滿朝氣的笑容。但在幾萬人聚集的職棒總冠軍賽或足球競賽上，卻可以看到年輕人毫無陰霾的笑容。

ＮＨＫ偶爾會製作與年輕人對談的節目，找來許多年輕人和成人一起針對主題討論，但實際上卻談不上是討論。終究來看，成人眞的有心傾聽年輕人的意見嗎？不過，擺出像金八老師一樣好像很了解年輕人的樣子，也讓人無法苟同。

攝影棚裡的年輕世代，對我來說已經是三十幾年前的事了，不過當時悶悶不樂的時光記憶依然殘留在心中，就像無法拂去的舊時傷口。我不知道什麼才是成人和年輕人的界線，我擅自認爲，成人應該是像小鳥離巢自立一樣，有獨自的經濟能力、能養活自己的人。所以應該和年齡無關。

做了各式各樣的兼職工作，也思考了許多事情。年輕時，總覺得在時間上有很多餘裕，無法成爲成熟的大人也是可原諒的，但其實只是藉口罷了。不過正因爲年輕，想法和意見都很難被別人聽見，卻也是事實。

其實根本不必特地製作什麼節目，周遭就有很多年輕人了不是嗎？職場上有，家裡也有，我周圍也有很多，和他們談話的機會不少。雖然有時會覺得他們經驗少，想法也不夠深入周全，但我感受到的時代氛圍與重要的事物，他們也同樣感受得到。

參加NHK節目的成人當中，有一位胸口掛著退休校長的名牌。

「給別人帶來麻煩是不好的！」

現在竟然還有人可以若無其事地說出這種理所當然的話，實在嚇到我了。

人的一生，必須跟多少人有過關聯牽扯、獲得多少人的幫助、給多少人帶來麻煩，才有可能活下去。

這些都是互相的事，所以至少應該說：「人雖然會給別人帶來麻煩，但一定要知道只有如此才有可能活下去吧！」這位校長的這番言論，讓我明白為什麼學校的教育會出問題了。

有些人被稱為尼特族，但並非只有日本才有這樣的社會問題。在英國，會安排這些不工作的人去上職業學校，只要肯去，每個月就能領到兩萬日圓。國家雖必須撥出龐大的經費來支付，但很明顯地，如果放任這種狀況不處理，將來會造成國家更大的損失。

我不認為日本能立即實行相同的政策，再加上社會背景不同，不見得效法他國就是好的。但日本也應該認真思考為什麼會有這樣的問題才是。

中越地震※的受災區，過了一年了水管和道路依然尚未修復，想到此，讓人不免覺得國家的行政單位也太怠慢輕忽了。有些地方居民只好背負著債務自力救濟，結合眾人的力量自己想辦法。官方行政或許並非什麼都沒有做，但實在太過遲緩！

人因其他人而得救。在自然災害頻繁的現今，實際救援狀況卻讓人感到心寒，也因此，有這麼多年輕人無法參與社會公益是多麼嚴重的國家問題啊！

我的朋友三枝誠先生是合氣道家，也是整體師。他曾說過：

「要發揮生命力，根本在於安身立命。要取得安心感，首先必要的是身體上的接觸。小孩或小狗會撒嬌黏人，不但是因爲需要安全感，也因爲這是正常大腦在成長中不可或缺的要素。」

即便成爲大人，這種需求也是一輩子的。

日本人雖然沒有歐美人擁抱的習慣，日常生活中並不會互相擁抱，但戰後日本社會貧困，一般家庭空間狹小，一家人睡覺全得擠在一塊；母親背著小孩工作；不

※譯註：二〇〇四年十月二十三日發生於新潟縣中越地區的地震。

聽話的小孩就打屁股（只打屁股）；在學校不乖的學生，老師會以拳頭教訓。這些都是身體上的接觸。

在我那個世代，到了小學高年級，男女還會一起玩跳馬背。跳馬背的遊戲通常會分成男女混合的兩個隊伍，輸的一隊要當馬，每個人都要把頭伸進前一個人的胯下，贏的一隊就跳到這些人的馬背上，直到馬無法支撐。因爲是男女混合，有時候自己的屁股會被男生的頭撞到，自己也要把頭伸進男生的胯下，我還記得當時玩得很興奮。這樣的遊戲或許現在的人無法想像，但以前從來不曾有父母親或老師們制止過。

三枝先生還說：

「以前校園裡時常可以看到的『押競饅頭』遊戲※，現在也很少見了。我曾經在美術大學任教快十年，曾讓大學生玩過『押競饅頭』，大家都很喜歡，幾乎所有人都開心地表示初次玩這個遊戲的喜悅之情。像這樣的身體接觸原本的目的是要讓人感受他人的溫度，也是建構人際關係的基礎，最好在小時候就能有所體驗。雖然這不是大學裡的科目，但或許是因爲終於感受到身體接觸所帶來的安心感，學生們玩到時間結束仍開心得停不下來。看到這一幕，我反而感到一股哀傷。」

從來不曾被父母親眞心擁抱過，也沒有老師愛之深責之切的拳頭教誨，處在這樣一個沒有任何親密接觸的成長環境中，是多麼可悲的事啊，光想像就讓人無法承受。

就像務農，那些終日和大自然爲伍的人，身體非常明白人也是自然的一部分，有一天終將回歸大地。

二〇〇五年十二月

※譯註：日本的一種傳統兒童遊戲，好幾個人一起背對背圍成一圈，以肩膀或背推擠，被擠出來的人就輸了，通常是秋天進行的遊戲。

睽違十八年的家，我回來了！

二十歲時我離開家，開始一個人的生活，轉眼間已過了三十幾個年頭。平常不會記得自己的年紀，一旦重新回頭省視這些歲月，真有點震驚。那時還是個業餘樂團，走在青澀的音樂之路上。

最初一個人生活時，廁所是共用的，沒有浴室，也沒有錢，簡直是從一無所有開始的。

那時在練馬區租了一間木造公寓，四個榻榻米半的房間，加上三個榻榻米的廚房。那是一棟很常見的獨棟住宅，有庭院，二樓改作公寓用，外面加裝了獨立樓梯。房東就住在樓下，只有老奶奶和兒子兩人。老奶奶似乎有重聽，每天都開著放出巨大音量的電視機。公寓房間的牆壁很薄，深夜裡甚至可以聽見隔壁房間的人翻報紙的聲音。在這樣的狀況下，總是在房間裡聽音樂的我，也時常收到鄰居敲打牆壁的抗議聲。

剛萌芽的業餘樂團名叫「糖寶貝」（Sugar Babe），團長是山下達郎先生。在搖滾和藍調全盛的七〇年代初期，我們這樣的東京流行樂團走到哪裡都會引來群眾的噓聲。雖然也有一些眞心支持我們的歌迷，但遺憾的是，當時我確實沒有留下什麼美好的回憶。

樂團三年就解散了，團員各自單飛。我和唱片公司簽了合約，收入也慢慢增加，終於能搬到比較大的房子。

在決定新房子的前一天，我會讓自己先好好地睡上一覺。「就是它了！」在打開房門的當下印象，就是我決定新房子的瞬間。房間的氣場是否和自己的氣場相合，都是決定的主要因素。日照狀況好不好也是重要的條件。

有些地方只住了七個月，也有住超過六年的房子。到目前為止，在東京都內總共搬了八次家。

我想不起半數以上的搬家是爲了什麼，房子本身沒什麼變化，產生變化的應該是自己的內心吧！或是想做一些改變。換個地方住，生活方式當然也會跟著改變。雖然只有租房子才能這樣自由移動，但三十五歲以後我便買了土地，蓋了自己的房子。

當時我委託的會計有一天問我：「頭期款都有了，要不要買間房子呢？」我還眞的不曾想過這樣的事。

「假使買了房子，我不知道工作是否能源源不斷，怕付不出房貸。」聽我這麼說，對方回答：「會這麼想的只有你自己吧。你知道別人是怎麼看你的嗎？」接著他又說：「那麼，從現在起你就試著對遇到的人說『我決定買房子了』，如果所有人都跟你說『唔，還是別買吧』，那你就放棄。如果大家一副買房子很理所當然的反應，那就買吧。這可以作爲大家對你今後評價的根據，工作肯定會源源不絕。」

我心想他說的很有道理，但還是半信半疑。即便如此，我還是決定試試，於是對身邊的朋友及工作夥伴說：「我決定買房子了。」到處試問之下，結果沒有一個人對我說「別買吧」。但買房子的人是自己，擔心付不出房貸的心情依舊沒變過。

一件事如果開啓，就會愈加速運作。

我在東京出生長大，當時剛好是泡沫經濟初期，街頭開始被拆毀汰新。熟悉的老舊街景突然變成一棟棟的新公寓，小型商店街也跟著消失。每天都有鑽土機在某處施工發出巨響。我討厭看到街景被毀壞的景象，胸口每天都隱隱作痛。

我第一次感覺到或許是出走的時候了。

而居住在東京的父母，這時也開始思考老年要在哪裡生活。

那時我和朋友在神奈川葉山町租了間獨棟的房子，週末經常去玩。那棟房子位於半山腰，一到夜裡甚至會有母狸帶著小狸來造訪。我們經常到海邊兜風，也常去鎌倉和江之島。在那裡度過了約莫兩年愉快的時光，也漸漸對周圍的土地產生了熟悉感。空氣很好，魚很鮮美。有海又有山，還有房子可住。

不知不覺間，我竟然湧起了買房子的念頭，就在葉山這個地方。

於是，我買了土地，接著蓋起了房子。接下來不光是房子，圍籬、門窗、庭院等問題也跟著接踵而至，支出一件一件排山倒海而來。啊！只能努力賺錢了！雖然這麼下定決心，但隨著時間流逝，又漸漸忘了當初的決心，回到自我任性的步調，常覺得很多工作都不想接。

一般人在買了期待已久的房子後，都會不斷夢想著要這樣布置、那樣設計。但我當時才三十幾歲，還沒有想安定下來的念頭，甚至不想承認自己買了房子。

不到一年，我又在東京租了工作室，結果幾乎都待在東京，只有週末才會回到葉山。應該說，那時候大多在海外工作，每年有一半的時間根本不在日本。

葉山的房子好幾年連窗簾都沒有掛上，每次一回家，母親都會央求我：「拜託你，至少掛上窗簾吧！」拗不過她的再三要求，只好先掛上了簾布。

我也在葉山寫了不少曲子，完成不少工作，但對我來說，它只是個工作的地方。倒不如說，是我刻意不想布置一個舒適放鬆的空間。

除了音樂的工作之外，到了九〇年代，因為接下了新潮社的雜誌《Mother Nature's》和《Sinra》的工作，我開始前往加拉巴哥群島、南極、非洲，飛行距離大幅延伸，不斷加速，甚至到過復活節島、巴西、亞馬遜等地，帶著好像只是去大阪的心情，從成田出發。我心想只要有護照、錢和機票，不管到哪裡都會有辦法，因此行李總是前一天晚上花幾小時收拾而已。每次看到我這副模樣，母親總是責罵：「你這叫做抓到小偷才開始做繩子啊。」沒錯，就像她說的，我向來幾乎不做任何準備。

或許是年歲漸長，覺得很多事都很麻煩，但只要好奇心戰勝，還是會推著我前進。搬家也變成麻煩的事情之一，只有到海外旅行的心情從來不曾改變過。

往返葉山的自家和東京工作室的二地生活，仔細想想真的很浪費。雖說是工作室，但還是會睡在那裡，於是廚房用品和餐盤等便在不知不覺間慢慢變多了。另一個原因是，東京總是有很多美麗又讓人想帶回家的玻璃和餐盤。

但後來在打包準備搬家時才深深發覺，我用過的不過也只有一兩個盤子和中意的咖啡杯，以及摔落也不會破的堅固玻璃用品而已。薄而精緻的葡萄酒杯和香檳杯各有兩組，這到底是為了誰而買？但我不想把這些當成無謂的浪費，因為這些東西是我當時心情的展現。買了沒讀的書，只穿過一次的衣服。這些全都是當時的我。

持續保有的和已失去興致的部分，很自然地分成要帶走的和丟掉的東西。

即使自己不曾改變，世界卻因許多重大事件而改變了。

二〇〇一年九月十一日，當天晚上看見的影像，我想是終生難忘的吧！

一九九九年冬天，我在巴黎錄製唱片。艾菲爾鐵塔爲了迎接二〇〇〇年的倒數，霓虹燈輝煌璀燦。當時的我深信每個人都是祈求世界和平的，或許能夠從戰爭不斷的時代脫胎換骨，迎向全新的時代。

工作結束回到日本，不久之後的某一天，我突然發現自己一直在旅行。「暫時留在日本吧，新專輯也和日本的音樂家一起製作吧。」而就在日本展開新專輯錄製的過程中，發生了九一一事件。當那棟高樓崩毀的瞬間，我感到自己的夢想和希望也同時被摧毀了。

化成煙塵的碎片，現在依然無法重新集結、恢復原本的模樣。二〇〇〇年初次感受到「暫時別到國外了吧」的心情，因爲那個事件的打擊，眞的就無法再跨出海外了。並不是因爲覺得恐怖攻擊很可怕，而是無法再像以前那樣無憂無慮地享受旅行了。之前每當結束在海外的工作時，回程總是會繞到南方的島嶼潛水，或是到威尼斯搭渡船搖啊搖地享受浪漫悠哉的時光。連這些都提不起勁了。不是不想，而是知道自己已經不再擁有過去那般享受旅行的興致，所以提不起勁。

那麼，做什麼才覺得愉快呢？還是和音樂有關的事。原本我的生活就只有音樂，之所以能持續三十年以上，就是因為它最能讓我開心吧。加上「吧」這種不確定的語氣，是因為若以客觀的角度來看待現在的自己，以前我也曾有過數次低潮，想放棄音樂。當然不可能真的討厭音樂，「想放棄」的原因，其實都是對所處環境產生厭惡的心情。

葉山家裡有棵櫻花樹。原本的地主某天送了一株樹苗給我，當時只有姆指大的小幼苗，現在已長成一棵大樹。

能在自家欣賞櫻花真是件奢侈的事，但每年一到開花季節，總是變得很忙碌，日子就在眺望東京和葉山的櫻花中結束。前幾天我觸摸了含苞待放的花蕾和枝幹，好溫暖啊！時間孕育的東西原來是如此地奢侈。

自家的房貸已經付完，我心想或許終於能放下肩膀上的重擔了。

東京的工作室附近最近因新公寓開始動工建造，從一早就噪音不斷，讓我動起搬家的念頭，卻想不出要搬到哪裡。某一天早晨，突然心血來潮，「對了，搬回葉山去吧！」雖然是一時興起，卻有著一股莫名的確信。

一旦決定就毫不猶豫的個性似乎也有好處，因爲我實在不擅長處於混沌狀態。我想要像河水般無阻礙地流動，不論是潺潺細流，還是泱泱洪水。

一旦發覺開始變得混濁，即便要沉到河底翻動石頭，我也會潛入河底想辦法擺脫困境。現在或許就是正處於這樣的轉換期吧。

當初蓋房子時幾乎把事情都丟給父母，十八年轉眼過去。自己的房間總算掛了窗簾，也買了沙發，慢慢像個房間了。

二月底，我將東京的房子解約，把所有家當都運回家，東西多到連站的地方都沒有。母親看到後瞠目結舌直喊著太可怕了、根本不敢看，簡直回到初始的混沌狀態，不知要到何時才能整理完所有的東西。

紙箱小山就先堆著，當天晚上和父母圍爐吃火鍋，以自家釀造的梅酒乾杯。

「我回來了！」我說著。說出口的霎那，心中湧起一股熱淚。終於回來了，回到自己的家。

從這裡再次出發吧！

二〇〇六年三月

和壁虎世代共處

漆著白色油漆的房間內牆上，壁虎啾啾啾鳴叫著一閃而過。在寫這篇文章的此刻，我一直以爲壁虎的漢字寫作「家守」。記憶中不知從哪裡聽來的說法，有壁虎的房子就是好房子，是適合居住的家，於是便擅自將壁虎寫成「家守」。其實正確的寫法是「守宮」才對。

在靜謐的深夜裡，耳朵變得敏銳，一有什麼窸窸窣窣的聲音，我就會立即豎起耳朵。看來客廳的訪客不只有壁虎，還有蛛蜘和蚰蜒※。雖然視線落在書本上，眼角餘光卻不由得被這些動靜吸引。

牠們並不常出現，但壁虎有時會盤吸在廚房玻璃的另一邊，應該在這個家裡住了好幾世代了吧。玻璃另一側的壁虎露出白色的腹部，像攀牆的常春藤，腳趾前端

※譯註：台灣稱作草鞋蟲。

的圓形吸盤緊貼著玻璃。我在玻璃的這端，用手指戳弄著壁虎的肚子。隔著玻璃，壁虎自然不會有反應，但還是忍不住這麼做了。

最近很多男生也會修眉毛，所以現在說到「蚰蜒眉」的話，應該有很多人不知道是什麼吧。要是看過蚰蜒和眞正的蚰蜒眉，一定會認爲以前的人比喻得太傳神了。

我不怕昆蟲和爬蟲類，牠們的模樣時常令我詫異，造物主實在太神奇了！我深深體悟到，最不完美的生物應該是人類。

人是愛自尋煩惱的動物。確實，從來沒有看過人類以外的動物抱頭苦惱的模樣，不論發生什麼事，牠們都坦然接受。用「坦然接受」來形容，有豁達的語意，其實是代代相傳的基因智慧和伴隨環境變遷的學習累積，讓牠們得以如此面對世界吧。

人爲了某種理由而擁有會煩惱的大腦，並且生存在這個地球上。對於未來，有什麼樣的打算呢？

從葉山前往東京時，我會在逗子換乘橫須賀線。雖然比起開車得花上兩倍的時間，但可以在電車裡先看點工作資料。包包裡塞了一堆東西，結果卻常常只是獃望著車窗外的風景。

至鎌倉、北鎌倉爲止，沿線窗外還有不少綠葉林蔭的景致，過了大船後風景驟變，無論往左看或往右看，全是一棟棟緊緊相連、沒有任何整體感的公寓。我默然地望著車外的景色暗忖，這些密集的公寓和住宅，每一棟每一間都有著獨自的生活。

有家庭，家庭裡有成員，有老人也有小孩……每個人都有獨自的人生，過著並非每天都快樂的日子。對於人類如此密集生活一事，讓我漸漸感到窒息。

每天的新聞都很晦暗，事件都很陰濕。明明都是讓人氣憤填膺之事，但幾乎所有的大人都像蚌殼一樣緊抿不語。是忍耐力很強，還是已心如死灰，抑或連生氣的力氣也沒有了？

前幾天搭巴士回家的途中，有五、六個穿著便服的中學生在車上喧鬧。一會兒掐同伴的脖子，一會兒踩在別人膝上，一會兒又撥手機，吵鬧不停，造成乘客的困擾。下班回家的上班族，購物完準備返家的太太，還有中年的歐吉桑，每個人不是閉起眼睛就是皺起眉頭，一言不發地強忍著。

這些傢伙（行爲踰矩的孩子）在我座位隔著通道的對面喧鬧不已。我很清楚自己心中的怒氣漸漸膨脹。過了三、四站後他們依然持續打鬧，我的怒氣終於爆發了，忍不住對他們說：

「你們這群人！別再吵了！」

會出聲制止表示對他們應該還存有一點點的愛。但事實上我完全無法感受到愛，只是無法抑制衝動，話就像噴火般自動爆出。

……霎那間安靜了下來。

但下一秒，卻更加脫序。他們穿著垂落在腰間的褲子，拖著步履行走，在下一站下了車。

明明看到了卻假裝沒看見，這種氣氛的無限蔓延，讓我難以忍受。

今年冬天的某日，工作房的暖氣突然壞了，按下開關也只是一直停在送風狀態。抬頭望著月曆，這幾天是連休，找不到人立即前來修理，即使有人來修，肯定會跟我說「與其修理不如換一台新的吧」。這幾天來，我把常用的陶製水龜※放在腳下工作，這樣還滿溫暖的。夏天我也幾乎不開冷氣，或許也沒必要換新的，壞掉的暖氣就如此被閒置，完全派不上用場。

在能源問題嚴重的現在，我思考著其他冬日保暖的方法。我最近埋首鑽研自學天然能源，發現太陽和風都是「免費」的。要將它們轉換成能源的設備雖然花錢，但不像石化燃料得擔心總有用完的一天，畢竟太陽如果消失了，地球也會結凍，所有生物都將無法生存。但天然能源的政策轉換卻宛如龜爬，遲遲沒有進展。

一九八〇年時，石油發電占百分之四十六，核能發電占百分之十七，使用液化天然瓦斯的火力發電占百分之十五。到了一九九〇年，石油發電占百分之二十九，核能發電占百分之二十七，天然瓦斯擴大爲百分之二十二。各電力公司都會先以核能來生產必要的電力，火力發電只是備用手段，因應核能電力不足才會啓動發電。換句話說，核能發電已變成日本電力的主要來源。

現在日本有五十五座核電廠。即使不是全部的核電廠都同時運作，這麼小的島國卻有這麼多的核電廠，不覺得很異常嗎？

我回想著是什麼時候突然暴增的。不論是誰都不希望自己住的地方附近就有核電廠，因此當然會掀起反核運動，但很明顯的，最後還是抵擋不住金錢和以地方振興爲名的政策。然而，住在這些無法保證絕對安全的設施附近的居民，可說成了大量消費電力的大都市和企業的犧牲者。

進入五月後，院子裡的綠樹一齊發出新枝芽，日復一復變得愈來愈濃蔭茂密，

※譯註：即熱水袋。

是我最喜歡的除草季節。專心一意地埋首拔草能讓人心無雜念，加上腳踩在泥土上，感覺全身的毒素都排了出去。連假中我到朋友家玩，那裡占地偌大，有著倉庫。在那裡我也每天幫忙除草。

雖說是「草」，其實雜草的種類很多，不可混爲一談，有些甚至會開出小巧可愛的花，可不能全部一口氣拔光。

一般來說會被拔除的魚腥草，在我家則會留著。五月底，魚腥草會一齊綻放出白色小花。四片花瓣的中央是雌蕊，百花齊放時煞是美麗。不拔魚腥草還有另一個原因，我曾聽說當年廣島受到原子彈轟炸時，有人以食用附近生長的魚腥草而活了下來。現在市面上甚至有賣魚腥草茶，其排毒作用廣爲人知，但當時即使再怎麼苦，也只能嚥下去。如果今天核彈突然從哪裡飛來，我或許會感謝有魚腥草的存在。

身爲被原子彈炸過的國家，日本現在居然擁抱五十五座核電廠，甚至還準備執行混合氧化物核燃料（MOX fuel）計畫，也就是從核能發電完的燃料中取出鈽，再和鈾混合加工成燃料（MOX燃料）再利用。

問題就在於從使用完的燃料中抽出鈽的過程。鈽比鈾的毒性強十萬倍，分離作業比控制鈾的核分裂更加困難，而且成本花費龐大，根本沒有任何好處，和吸菸引發癌症的風險根本不能相提並論。

這項廢棄核燃料再處理的設施，已經在青森縣的六所村建造完成。當然，當地居民也曾極力抗議，但大家也都知道，這類的反對運動除非排除萬難，堅持到底，否則終究敵不過國家的政策。要推翻已決定的事，讓它回復白紙狀態，是更加艱困的任務。

六所村的再利用工廠已經開始積極進行實驗，在那裡一天所釋放的幅射相當於日本一座核電廠一年份的量。「核電廠一年份的幅射量縮濃在一天產生」。也就是說，六所村再利用工廠的幅射汙染是一般核電廠的三百六十五倍。

曝露在幅射汙染中的不光只有三陸的沿海，隨著海流走向，其實已經流到了千葉、東京一帶。

對於核廢料的再利用，全世界都已經開始重新檢討，畢竟每年花費幾千億的龐大經費來生產再利用燃料，仔細思考就知道這樣的發電方法根本毫無經濟效益可言。卻只有日本決定反其道而行，正式撥經費著手建造廢棄核燃料「第二再利用工廠」，只能說日本真的是瘋了。

不必說也知道，這些龐大的費用都轉稼到人民的電費上了。

在六所村的再利用工廠正準備開始實驗之前，旋即發生了含鈽等幅射物質的汙水外漏了約四十噸的事故。即便事故發生在工廠內部，並未流到外面，但排水中的含鈽量可是一般人一年容許量的十八億倍之多。但日本核能燃料會卻以「輕微事故」含糊帶過了事。

爲什麼要不斷製造如此危害生命的東西呢？當好幾條捆包行李的細繩子糾結在一起時，就會打結。這個結愈來愈緊，想要解開它，卻又有別的地方糾結在一起，即便用指甲想把結鬆開也沒辦法。人類社會的盤根錯結肯定就像繩結，想把頑固的死結鬆開非常不容易，但只要自己願意嘗試去鬆開，先讓指甲有機會伸入隙縫間，就是鬆綁的契機了吧。

二〇〇六年六月

暗黑中的對話

我曾看過盲人移動手指讀著點字的模樣，順暢無礙，讓我驚嘆不已。我想無論是誰都曾經觸摸過點字吧，即使將精神集中於手指指尖，要讀出一個字都十分困難。

前幾天我在電視上看到盲人兒童踢足球的節目，同樣讓我詫異到說不出話來。隊伍裡唯一看得見的球員是門將，另外有個人站在球門後方，手上握著像鈴一樣的東西，不斷搖晃發出聲響，指引同隊夥伴射門的目標位置。

眼睛看不見的少年射門力道強勁有力，正確度和明眼人沒有兩樣。他說：「可以看見那裡有人。」雖然眼睛看不見，但確實可以感受得到。

還有另一位少年騎著自行車前進了大約十公尺再折返，途中完全避開了電線桿，沒有撞到。少年滿臉笑容，心裡肯定想著這有什麼值得大驚小怪的呢。爲此而驚訝萬分的我們，反而才是「明眼盲人」。

在以看得見爲前提而建立的社會，或許眼睛看不見一事只會被當成負面的缺陷，但事實上，有一個計畫能讓看得見的我們去實際體驗，看不見的人原來有著另一個世界。這個計畫即是「黑暗對話」（Dialogue in the Dark）。

這個計畫源自德國的安德烈．海勒奇（Andreas Heinecke）博士在一九八八年的構思，後來在歐洲各地實行，現在已有十九個國家、八十個城市舉辦過，全世界超過兩百萬人都曾參與體驗。在完全沒有光線的空間裡，由視覺障礙的引領人替參加者引路並走完全程。

今年（二〇〇六年）是東京第八次舉辦，從八月開始為期一個月，地點在外苑前的梅窗院．祖師堂大廳。每年舉辦都獲得高度評價，這次的票也立刻被搶購一空。

活動負責人言明，最困難之處在於重現完全的黑暗空間，因為其實眞正的完全黑暗事實上並不存在。在活動過程中，參加者會在引領人的帶領下踏入完全的黑暗中，開啓約一個半小時的未知旅程。

每一小隊由八人組成，每個人會拿到一根白手杖，當場學會手杖的拿法和揮動方法。活動進行時，參加者必須以慣用手拿著白手杖，另一隻手的手掌遮住眼睛以避開障礙物。

雖說處於黑暗中，但是並非鬼屋，因為會場裡設置了許多生活上會遇到的實際場景。

構思這個黑暗對話（以下以ＤＩＤ稱之）的海勒奇博士說明如下：

「一九八六年當我在廣播電台工作時，電台決定錄用一位因事故失明的年輕記者，上面指派我負責他的教育訓練，正是這個計畫開始的契機。當時的我並不知道要如何和這位失明的人相處，我想很多人一定也是如此。（略）但在和他接觸相處當中，我漸漸發現自己的認知有誤。（略）眼睛看不見並不是一種病，也不會因此就比一般人貧乏，當然也不同於貧困。我領略到另一個和正常人無法相較、也無從比較的世界。（略）從中我更領悟到，他們的生活不需要同情，也不需要被看低，反而是另一個很棒的世界。」（摘自ＤＩＤ日文版說明手冊）

於是，他發展出ＤＩＤ計畫，想讓一般人有機會體驗視覺障礙者的文化，一個不仰賴視覺的世界。這不是為了讓一般人模擬視覺障礙者的體驗，反而是想讓一般看得見的人獲得一種全新的感知與關係（透過團隊進行的方式所獲得的體驗）的企畫。這是一種並非用眼睛來看，而是透過手的觸摸而獲得的文化。在ＤＩＤ活動中，視覺障礙者能像平常一樣地行動，等於立場和平常相反，一般人反而無法自由行動了。這也是該活動的一大重點。

看得見的我們，總是習慣了用眼睛看各式各樣的東西，就連不想看的東西也無法拒絕在外，甚至有時明明看見了還得裝作沒看見。視覺接收的情報量已然占了身體感覺太大的部分了。看得見的我們，一天當中有多少時間是閉著眼睛豎起耳朵傾聽呢？又有多少時候，我們會閉上眼睛，嗅聞氣味，以手掌實際觸摸看得見的東西呢？

以前，當喜歡上一個人時，我曾問過自己：「假設我眼睛看不見了，還是會喜歡這個人嗎？」

我會閉上眼睛傾聽這個人的聲音。或許這只是我個人的喜好，但我確實認為聲音展現了個人特質。聽收音機時，我也時常這麼想。聲音是人格的表現，這樣的說法一點也不為過吧。因此和年齡也沒有關係。

回到正題。我們帶著期待和不安進入暗黑當中，起初進到一個以黑色窗簾圍成的小房間。多虧窗簾隙縫透進來的微微光亮，讓我們至少看得到自己腳下的狀況。在這裡領取了白手杖，記住引領人的名字，並且決定每個參加成員希望被同伴呼喚的代稱。

我之所以會參加這個計畫，是在某個工作場合中受糸井重里※先生的邀約，加入「HOBO團」的成員中一同參與。

黑暗中我們必須互相叫喚彼此，因此代稱成了重要的依賴。順便一提，糸井先生的代稱是「好男人」。雖然沒細數過，不過糸井先生在黑暗中不斷被大家喚著「好男人」。由這位「好男人」帶頭，我們跟在後面，正式進入黑暗中。

眞的是全黑。但黑也有黑的顏色。在黑暗中的我，眼睛張得比平常還大。明明什麼都看不見，卻還是很努力地看。

因爲一開始就知道這個空間裡沒有危險物，光這一點就和眞正視覺障礙的人每天生活的現實環境完全不同。

有用石塊鋪的道路，腳底感覺到石頭的觸感。揮動著白手杖前進，撞到了植物圍籬。是什麼樹啊？我以手撫摸並且嗅聞氣味。引領人持續對我們說話，「往這裡喔～」我們揮動著白手杖往聲音的方向聚集。「現在要走過粗圓的木橋！圓木頭有三根，小心不要掉下去囉～」

※編註：糸井重里爲日本散文作家、廣告創作與電子遊戲創作者，也爲多位歌手創作歌詞。一九八八年設立專門提供網路新聞、名人訪談與商品販售的網站「ほぼ日刊イトイ新聞」。

「好男人」先走過圓木橋，「喂，我過橋囉～」也有人掉了下去，但大家幾乎連笑的心情都沒有了，心中可能只剩下緊繃和不安。

在黑暗中待久了，眼睛開始看得到光。或許是我腦中創造出的光團？卻令人無法漠視。其中有一道非常強烈的藍光，讓我不禁懷疑到底光源在哪裡？宛如電影，從眼睛深處發出的光源就在眼前。我還記得自己感動不已，原來大腦有這樣的創造機制。在全黑的空間裡，我彷彿剖析了另一個不曾出現的自己，是個愉快的經驗。

（DID計畫每次的活動內容都不同，在這裡介紹部分的體驗內容應該沒問題吧）

愈走在黑暗中愈感到快樂的我，在不撞到東西的情況下，揮動著白手杖四處走動，到處嗅聞，到處觸碰。

鋪著乾草的小牧場、角落放置的牛奶罐、在聽得到祭典鼓聲與人聲的夜店裡吃著醬油煎餅、坐在椅子上等待著巴士的巴士站、搖搖晃晃的吊橋、老爺爺家的簷廊、庭院水桶裡的清涼西瓜、爺爺家裡矮桌上的扇子、拿起扇子扇風感受到的微涼片刻、剛從田裡收成的馬鈴薯。

即使看不見，也能感受到這些東西，因爲曾看過。那麼，在看不見的人眼裡，它們有著什麼樣的顏色呢？這我就無從得知了。

雖然無從得知，但我知道這每件東西都有其存在感，連一顆馬鈴薯都有著令人憐惜感動的快樂。把馬鈴薯拿在手裡不斷撫摸、在臉頰上磨擦，這些都是平常不會做的事。

我知道快接近出口了。最後我們前往茶館，品嘗茶水或果汁。茶館有其他的引領人替我們點東西，我點了茶。我期待著在黑暗中聞其香氣，但端上來的竟是加了冰塊的冰茶。我重新體認到飲食的愉悅除了味覺以外，還多少伴隨著其他的要素。

在黑暗中，光聽到滋滋滋的聲音，馬上就知道是仙女棒。我也再度感受到，原來自己的耳朵因工作的關係被鍛練得相當敏銳。

我們先進到微暗的房間，等眼睛習慣光線後，才走出會場。

光是進入微暗的房間，一點點的光亮就讓我們感到暈眩，有點接近暈船的強烈噁心感，甚至會想再回到黑暗中。

想更自由地四處遊走，想碰觸更多事物，想再一次回到最初進入的地方，再一次觸摸所有的東西，嗅聞所有的氣息，和引導人聊更多的事。總之，我一點都不想回到現實。

但那裡的黑暗，不是爲了視覺障礙者而存在的黑暗空間，只是爲了讓看得見的人體驗的黑暗空間罷了。

黑暗當中的我甚至失去了自己身體的大小，身邊的人肉體消失了，臉也消失了，只剩下代表那個人的聲音。但光是聲音，也讓人產生了細微的感情，甚至發現對方意外的另一面。

我們在出生前，在母親的肚子裡，肯定經歷過這大部分的經驗。

ＤＩＤ計畫也有很多小朋友參加，聽說他們和在黑暗中無法恣意活動的大人有著天差地別，一點都不害怕黑暗，四處奔跑。

眼睛看不見的痛苦，或許只是睛眼看得見的我們過剩的意識罷了。視覺障礙的人確實有很多不便之處，但在思考眞正看見的東西是「什麼」時，眼睛看不看得見，根本就不值得討論比較。

明年如果這個計畫又在日本舉辦，請務必、絕對要親自去體驗！

二〇〇六年九月

※附註：「黑暗對話」現在在東京全年都能體驗。

去看樹懶

有些動物沒有什麼人氣，我卻對牠們興味盎然，例如加拉巴哥群島的美洲鬣蜥，或是非洲的斑鬣狗，愈是觀察愈發現樂趣無窮。

樹懶也是我長久以來想見的動物。正確的名字應該是三指樹懶。今年一月到哥斯大黎加採訪，終於有機會見到樹懶。

哥斯大黎加位於中南美洲，是個沒有經歷戰爭就成功獨立的國家，擁有和平憲法，是沒有軍隊的知名永久中立國。最近幾年更因國家政策推動環保綠色觀光，成爲全球先驅的環境保護先進國而備受關注，引發話題。

哥斯大黎加的面積約是日本的九州加上四國的大小，國家名字在西班牙語爲「豐富的海岸」之意，位於加勒比海和太平洋之間，國土中央是標高平均一千至一千五百公尺的高原。同時也是中美洲少數的火山國家，以擁有全世界第二大的火山噴發口波阿斯火山（Volcan Poas）及現今仍有熔岩流出的阿雷納爾火山（Volcan Arenal）而知名。

氣候分成雨季和乾季，但因中央橫隔著山巒，讓加勒比海岸和太平洋海岸兩側的降雨量明顯不同。車子行駛數十公里，沿途地形和動植物景觀大異其趣，變化豐富。

哥斯大黎加的國土面積雖然只占地球總陸地面積的百分之零點零三四，卻有著地球上百分之五的動植物種類，現在依然持續發現新物種中，可謂寶藏之山。

國土的百分之二十五以上是自然保護區和國家公園，禁止森林砍伐和亂開發。不像某些國家，不管居民認爲「這不需要」，只要「決定的事就是決定了」而堅持開發，完全不顧民意，結果招致像山一樣的龐大赤字，讓人瞠目結舌，不敢置信。

但是就像其他國家一樣，生活在這裡的人們對國家決定的策略也並非百分之百滿意，因此哥斯大黎加對外持續宣傳的形象，和當地人口中對自己國家的印象有著些許差異。

外國人就算不居住在哥斯大黎加，也可以自由購買當地土地，更因爲土地價格是針對美國人而訂定，對哥斯大黎加的居民來說，根本高攀不上。

國內消費的食物多仰賴進口，比起自己國家生產的水果，消費者更喜歡買進口的蘋果。主食雖然是米和豆類，但當地的產量卻愈來愈少，反而是出口的作物（尤其是水果）產量增加。

原本作物以咖啡和香蕉爲主，現在鳳梨、西瓜、哈蜜瓜、觀葉植物的生產量不斷攀升。

美國的英戴爾公司在當地建造了積體電路的工廠，使得在文化上也漸逐美國化，「喜愛美國貨」的風潮興盛。這和沒有自己軍隊的某個國家很像。

雖然如此，卻完全不像某個國家東西多到氾濫丟棄的程度。首都聖荷西（San Jose）因為處於地震帶，無法蓋高樓，對高度限制很嚴格，因此只有兩棟高樓，離開市中心後幾乎都是鍍鋅板屋頂的房子，據說是因為磚瓦屋頂遇到地震容易崩落，但也有人反應鍍鋅板屋頂熱到讓人難以忍受。

街上的生活風景先就此打住，來說說眾多自然保護區的其中一個——蒙特維德（Monteverde）自然生態保護區。它是一片廣大的熱帶雲霧林，哥斯大黎加的生物中最多的就是昆蟲，蝴蝶有上千種，哺乳類有兩百種以上，其中蝙蝠就有一百二十種。這都還只是目前所知道的種類而已。雖看似數量繁多，但要在蒼鬱的叢林裡找到動物卻不容易。蒙特維德雖然也有超過四百種以上的鳥類，但僅聽得見牠們美麗誘人的叫聲，卻遲遲不見其身影。

最讓觀光客趨之若鶩的可說是鳳尾綠咬鵑，據說牠是手塚治虫的漫畫《火鳥》裡鳥的原型。身體呈碧綠色，在光線照射下有時會變成土耳其藍，還有著宛如紅寶石的深紅色胸部，尾巴上的長羽毛有六十五公分長。爲了尋找牠的身影，在叢林裡的人群不斷往上看。大家站在鳳尾綠咬鵑喜歡的一種野生酪梨樹下，但怎麼等牠就是不肯現身。

我很幸運地，在優秀導遊的帶領下，得以親眼目睹牠的身影。

爲了這些專程而來、卻什麼都沒看到的人，叢林裡也準備了叢林滑索（Canopy tour）。在叢林的樹和樹之間架設了纜繩，可用滑行的方式在樹木之間移動，一邊滑一邊觀察林間的自然景觀。雖然活動宣導是這麼說明，但速度太快了，根本無法觀察任何事物（我沒有體驗，不是因爲害怕，而是沒興趣）。

更詳細地說明，活動時會穿著像降落傘跳傘的裝備，以裝備上的掛鉤吊在纜繩上一路滑下去。叢林滑索的高度有各種等級，最高速度可達六十公里。即便如此，甚至有一位七十幾歲的美國老婦人也勇敢挑戰。

這位中規中矩的婦人雖然無聲地往下滑（有可能根本來不及出聲），但叢林裡卻響徹著異樣的尖叫聲。是泰山嗎？我最初這麼想。對於來賞鳥的人而言，這樣的尖叫聲更可能是嚇得鳥四處逃散的吵雜聲，也因此這項活動的評價兩極。

蒙特維德自然生態保護區有著獨特的歷史。一九五〇年代，從美國來此想尋求自由的貴格會教徒將此地定爲心目中的理想國，開啓了這塊土地的歷史。貴格會教徒是拒絕兵役的良知和平主義者，一九四九年他們知道了有廢止軍隊的國家，於是開始和哥斯大黎加政府交涉，希望能以低價買入土地。他們離開聖荷西，來到沒有人想開拓的蒙特維德，最初以酪農爲業並生產乳酪（蒙特維德的乳酪在哥斯大黎加也深獲好評，做成冰淇淋也很美味）。他們將山麓周邊開拓整頓成牧草地，另一方面爲了保有高山水源，完全沒有開拓山區。由於這裡植物、蝙蝠、鳥類等生態豐富多樣，在一九七〇年代開始有學者前來研究青蛙和熱帶雲霧林生態等，才慢慢打開知名度。一九八六年由NGO買下土地，成爲現在的民間保護區。

再者，進入蒙特維德自然生態保護區之前，有一片「兒童的永遠森林」——children's eternal forest。這裡占地廣達兩百二十平方公里，原本是瑞典的孩童爲了保護熱帶雲霧林開始的一個活動，後來漸漸擴展至包含日本的四十幾個國家，活動最後的成果便是買下此片土地，這片森林於是變成「誰都不能開發的森林」。日本的孩童也藉由撿拾空罐等回收活動，參與了此森林的購買。我忘了詢問導遊這些孩童是否眞的也來到這片森林，但我非常想帶他們來這裡看一看！

地球如果仍保有太古時候的自然景觀，相信在各偌大的地區也都會存在著各式各樣的森林吧。但是像現在這樣，森林僅存在於某些地區，又要所有的生物全部聚集生活在一處，簡直不可能，且放任不管的話，不久之後也會變成光線都無法照射到地表的蒼鬱森林。

有些鳥並不喜歡這樣的森林，但若是爲了鳥砍掉森林裡的樹，又有人會跳出來抗議。我現在才知道，多樣的生態物種需要各式各樣不同的森林環境，人要如何參與，其實是何其困難、棘手的問題啊。

哥斯大黎加的風景明信片裡一定可以看到的阿瓜大麻哈魚和金蟾蜍，在二十年前已經絕種了。聽說是因爲青蛙的皮膚產生了病變才導致滅絕，而此病變據說是地球暖化造成的。其實目前地球環境惡化問題已十分緊迫，沒有時間再說什麼「熱帶雲霧林對地球的健康狀態反應很敏感」的風涼話，對人類來說，肯定是直接反應在自然災害和糧食問題上。

蒙特維德有世界最小的蘭花，小到得用放大鏡才看得見。還有甲蟲界最小的物種，甚至不到一公分。也有世界上最大的獨角仙長戟大兜蟲，角的長度爲世界第一。身體最大的則是象兜獨角仙。

說到這裡，還沒講到重點，那就是樹懶。

我一到蒙特維德就直嚷嚷想看野生的樹懶，因此導遊爲了我總是細心留意，終於找到了樹懶。

在傘樹的粗幹分枝處，樹懶就在上頭縮成一團，背對著我們。

我透過望遠鏡努力望著牠們，導遊突然在我的背後以手指吹出口哨聲，樹懶緩緩抬起獃然的臉，慢慢轉向我們，一臉睏盹的表情寫著「做什麼？」。

我眞是太激動了！簡直無法形容，太可愛了。雖然可能會有人反駁哪裡可愛了。

樹懶硬邦邦的毛上，如想像中長著綠色的苔。

吃完傘樹葉，正在午睡的樣子吧，我猜想。樹懶平均壽命爲二十五至三十五年，牠們之所以不太動是有原因的，牠們吃的葉子因爲不好消化，所以在消化之前必須盡量減少無謂的能量消耗。雖然擁有三個分開的胃袋，但不像牛會反芻，而是讓細菌來分解葉子的纖維，完成消化工作。因此光消化就要花上一個月。

其他地方看到的樹懶，就待在樹的頂端，雙手張開面向太陽。被風吹得搖擺的樹，就像牠們的搖籃。

日光浴很重要，因爲牠們的體溫會隨著氣溫變動，氣溫下降時體溫也跟著下降，消化吸收就會變慢。

樹懶如此節約的生存方式，眞是完全符合環保啊！但其實樹懶沒有人氣，在哥斯大黎加據說也完全不受歡迎，在禮品商店裡相關的伴手禮一件也沒有，只有現在仍放在我桌上的一張明信片。

被什麼東西強烈吸引，而且眞正邂逅時的喜悅，我的身體現在依然記憶猶新。當被什麼逼急時，我總是回想起那時看到的、以緩慢動作回頭的樹懶一臉睏盹的表情，如此一來，當時愉悅的心情便會湧上心頭，讓我的胸口暖了起來。

每每帶著一身疲倦回到家時，只要摸摸狗或貓，就能回復柔和平靜的心情。動物眞的擁有不可思議的力量啊，讓我不得不佩服。

黑色運河靜靜地流過早晨的熱帶雨林，河底沈澱著長年堆積的落葉，如鏡子般的水面映照著森林，帶走寂靜的歲月。吼猿的咆哮回音、姬赤黑鷺和美國鰭足鷉飛過船上空的回憶。在只有一天壽命的中美木棉上，清晨降下的大雨水滴，在花瓣上閃爍著晶瑩。

二〇〇七年三月

唱歌的我，不唱歌的時間

就像運動選手在比賽哨音吹響的同時旋即進入中途無法停止的比賽時間，舞台對音樂家來說也一樣，從站上舞台、打燈的霎那開始，約兩個多小時必須集中精神完全無法中斷。

受邀在別的歌手的演唱會上擔任特別來賓唱個四、五首曲子，和自己一個人全程獨唱的音樂會，兩者的壓力大相逕庭。

從決定巡迴演唱、開始思考演出內容的那一刻，舞台就已開啓了。最苦惱的階段就是第一首曲目的選擇，只要第一首曲目決定了，就能漸漸畫出之後的輪廓。以初步定案的曲目流程開始排演，在實際演唱中會再更動曲目的順序。比起演唱時自己的心情，我總是站在聽歌人的立場來思考。每個聽眾的職業和生活都不同，但每個人所感受到的時代氛圍和壓力應該是相同的。大家究竟抱著什麼樣的期待來聽演唱會，又想帶著什麼回家呢？話雖如此，但能帶走的，也只有無形的心情吧。

舞台是個非日常的場合，舞台上的我和曬衣服的我、餵野貓吃飯的我、削馬鈴薯皮的我完全不同。

在巡迴演唱的準備階段，最優先的是身體狀態的管理。不讓身體受涼，不去人多的地方。因爲排練需要反覆演唱大量的歌曲，因此排練之後至第一場演唱會之前，盡量不要說話。巡迴期間也幾乎不喝酒，雖然少量的酒不會影響聲音，但一旦喝酒就會放鬆，不自覺便會大聲說話喧鬧，所以要避免。

心情就像修行的僧侶，等待著修行的結束。要記住二十首曲子的歌詞也得費上一番工夫。不管是在電車上或在飛機上，在飯店或泡在浴缸裡，都一直反覆哼著曲子，爲的不是讓腦袋記住，而是讓嘴巴自動記憶。因爲一旦站上舞台，全部的事都會排山倒海而來，無法只思考歌詞一事。

有時唱著第一首歌時，突然想不起第二首的歌詞，「啊～接下來是什麼呢？」腦袋會開始大亂。唱著第一首歌的我表面上若無其事地演唱著，但另一個我卻陷入了無法自拔的驚慌中。在這樣混亂當中，有時還會突然想起「對了，我把明天要用的東西放在桌上沒帶走！」這種毫不相干的事。

這時候的我，感覺自己像是游在另一個世界。當第一首曲子終於唱到尾聲，要進入第二首的第一小節時，還完全想不起第二首的歌詞。人一旦學會騎腳踏車或是跳躍，只要身體記住了就不會忘記，但是背歌詞卻不盡然如此。「啊～完了」豁出去了，就隨便唱吧！心裡這麼想，還是擔心後面會無法連貫。

霎那間！口中突然冒出第二首的歌詞。不是想起來了，而是嘴巴擅自開口唱出歌曲，這就是所謂讓嘴巴記住歌詞的眞諦吧。腦袋想不出來，只要在嘴吧不斷哼唱，身體就會自動記住。嘴巴的肌肉以動作的方式記住了歌詞。

不過也曾發生過眞的獃然惝恍的空白經驗，那瞬間只是呆在原地，演奏也停止了……即使停止演奏認眞想，卻怎麼也想不起來，只好問觀眾：「接下來的歌詞是什麼啊？」觀眾們倒是記得很清楚，很自然地告訴了我。

當場總是會有辦法圓場的，但全副的集中力和流程已然全數瓦解，陷入之後的曲子會不會也全部唱錯歌詞的不安地獄中。

最近很多人開始會在舞台上的小螢幕打出歌詞作爲提示，但是螢幕上打上整首歌詞，字太小根本看不清楚，只好將電腦擺在舞台布幕邊，配合歌曲的演唱打上放大的歌詞字幕，再配合歌曲的節奏，以人工的方式巧妙地提早送上歌詞。追根究底，就是因爲依賴這種方便的道具，才會愈來愈記不住歌詞。

而且我無法信賴螢幕，畢竟還是人爲操控，有可能突然漏掉一大段，或接到錯的歌詞，或是螢幕突然無法顯示等，很多事都有可能發生。一想到這種恐怖的情況，我想還是像唸佛經一樣把歌詞全部塞入腦袋裡最保險。雖然我的記憶力已大不如前了，但還算堪用。

在舞台上最重要的，是決定全部音量平衡的舞台監聽系統，這是一個放在舞台上面對著演唱者、像是箱子的東西。如果它無法正常運作，表演就無法進行！對演唱者來說是關鍵的器材。對唱歌的人來說，要如何調整才能讓監聽喇叭發出的聲音聽起來像自己的聲音，這可是一場戰鬥。因為演唱會場地幾乎都是多功能表演場地，並不是專為演奏而建造，舞台上會接收到演奏廳各個角落的麥克風所發出的聲音。尤其舞台中央是聲音聚集之處，成了最不適合唱歌的地方。拿著麥克風到處移動的歌手還能逃離這聲音匯集之處，但像我這樣只會在舞台中央演唱、不會移動位置的歌手，非得排練到最後關頭才能調整好聲音。即使能調整到一個覺得還能接受的狀態，但當聽眾一進場，整個聲音的平衡又變調了。因此，演唱會一開始唱出聲音的一刻，是最讓人膽顫心驚的霎那。

尤其是冬天，會場裡盡是穿了好幾件衣服的聽眾，衣服會吸收聲音，舞台上的聲音就會變得非常乾枯。邊唱著最初的幾首曲子邊看著舞台旁的音控人員，一會兒上一會兒下的暗示，臉上還要保持冷靜，炒熱舞台的氣氛。這就是我的工作。

在會場排練結束到開演前，是化妝和吃飯的時間，但事實上根本沒時間好好地吃一頓飯。不過要是什麼都沒吃，唱到一半一定會肚子餓，只好打開後台準備的便當，看到裡面冷掉的油炸食物，連伸手的慾望都沒有。在大城市裡的演唱會，後台的便當多半是這類食物。

但是今年在燒津和筑波的演唱會卻爲我準備了溫熱的便當。在燒津時，準備了會場附近的「丸美屋」的大盤料理，燒津的魚很美味，便當裡還有燉菜和沙拉、味噌湯，以及一些家常菜。演唱會結束後，工作人員用便當剩下的白飯做成飯糰，讓大家帶回家。我也在回程的電車上吃了飯糰。在筑波，某個女工作人員的媽媽還爲我們準備了大鍋的豬肉味噌湯和燉菜等數道家常菜。

每一道菜都很費工，讓我打從心底感謝。站上舞台之前，光是吃到溫熱的食物，就能化解緊張。我再次感受到愈鄉下的地方，至今依然存在著讓人感到溫暖的款待習俗。

不唱歌時的我，今年依然將時間用在種稻、插秧上。我在因緣際會下有了自己的水田，只要有時間就會前往爲我家種稻的水田農家。

水田位於秋田的三種町，而且是渠引自山上的水來種稻米。幾年前有個朋友不厭其煩地對我說：「像日本這種自給率很低的國家，總有一天會面臨糧食危機。既然在鄉下有老家，最好請人種稻米吧！」於是，老家在秋田的這位朋友就開始爲我種稻，今年起我的水田也要栽種稻苗了。

現在我家買的米是櫪木縣的田畦種出來的，雖然也很好吃，但換成自己稻田的米會更開心吧。

五月中旬，我來到與朋友的水田毗鄰的稻田耕種稻秧。因爲不是第一次下田了，這一回已經不再肌肉痠痛。一踏入田裡，就彷彿感受到身體內累積的電磁波自動排出體外。森林周邊栽培著蕁菜，下面就是我們的稻田。水很清澈甘美。因爲不使用農藥，得拔除雜草才行。

不論是站在舞台上的我，還是種田的我，都不是日常生活的我。吃著白米飯的我，才是最日常的我。

二〇〇七年六月

地球不是誰的

今年夏天愈來愈熱。家裡工作房的冷氣壞了，已經壞了三年。面對電腦，汗水不斷滴下來。但想想夏天本來就很熱，這麼一想，也就不覺得特別熱了。我也經驗過沒有冷氣的年代，那時候的日子反而令人懷念。

人一旦獲得某個東西就很難放手，但在這個時代，尤其是日本，東西實在多到氾濫。到書店拿起自給自足主題的雜誌，即便現實無法實踐那樣的生活，光看照片似乎就能感受到微微涼風的吹拂。相信有很多人和我有同樣的感受吧。

什麼都變成數位的現今，已經無法選擇類比的東西，頗讓人感到疑惑。

我所在的音樂界，ＣＤ都賣不出去了，現在只能藉由網路下載一首一首曲子分開來賣。唱片公司爲了生存下去，現在都已經捨棄製作新曲，改推出更多合輯和便宜的重唱專輯。

到目前爲止我總共發行了二十六張原創專輯，今年把其中的八張搭配新的紙本封面重新推出（做成ＣＤ大小）。

紙本封面是指復刻八〇年代黑膠唱片全面CD化之前的唱片封面，忠實重現黑膠時代的紙張設計封面，只是把它縮小成CD的尺寸。當然，因爲是CD，所以內容是數位的，用最新的技術將聲音做數位重製。

數位重製的過程我一定都親自參與，但怎樣也無法再現類比的，也就是黑膠唱片發行時的音聲效果。類比的錄音存在許多聽覺無法感知的聲音，而數位說到底就像是拼圖的世界，和物理性聲音沒有直接連繫，只是將聽感的聲音傳到我們的耳裡罷了。

不管唱片的內容是數位，外表（封面）卻想重現類比時的感覺，這種作法眞是有點錯亂。

但爲什麼要答應重現以前的復刻版呢？原因在於黑膠唱片被淘汰後，東西全部數位重製成CD，但當時數位的技術不如現在進步，因此全成了單薄寂寥的聲音。在把黑膠重新灌錄成CD時當然一一確認過，有些算得上忠實重現黑膠的聲音，但有些卻變成貧瘠不堪的聲音。這是導因於CD化時操作者的音感，以及因壓縮機器的種類而異。

最近發行的弦樂四重奏的CD，也因爲透過壓縮唱片工廠的作業，變成近乎恐怖的另一種聲音。將錄下的音源壓縮成ＣＤ的過程或許就接近印刷吧，攝影師將自己拍攝的照片轉製成書本或雜誌上的印刷品時，也會陷入相同的兩難處境。

在這樣的壓力下，只能不斷想著最終無論變成什麼樣的聲音，至少要是可以打動內心的聲音才行。雖然心裡明白，但當初在錄音現場時，每個音都是再三堅持要做到最好，想到這裡心情就變得很複雜。

錄製好的音源被壓縮爲ＣＤ，或者以迷你音響播放時又再度被壓縮，或是透過網路下載及iPod等被壓縮到極致，想到此，我眞的覺得比起黑膠時代，音樂的基礎骨架根本就完全消失了。

淪落至此，現場演唱反而才是欣賞音樂更好的方法。最近，比起製作唱片，我覺得現場表演更有魅力。

在愈來愈熱的盛夏，沒有冷氣還能過日子，多虧了葉山的綠蔭庇護，要是住在東京的話，我肯定受不了。

今年夏天來臨前，秋蟬開始鳴叫，黃鶯也一起啼叫。我以爲自己聽錯了，現在到底是什麼季節？但動物們應該不會覺得自己搞錯季節了。

和一九七〇年相比，人類製造的二氧化碳排放量增加了百分之八十。

令我最感悲傷的現實是，已暴增至六十六億的人類，今日的所作所爲破壞了保持絕妙生態平衡的野生動物的生息，使得牠們每天都得面臨滅絕的危機。有位少女曾說過：「這再也回不去了。」她口中的這些野生生物，面臨被迫陷於險惡卻束手無策的狀態，而人類卻視而不見。

很久以前有人說過：「人的生命比地球還要重要。」這幾乎是完全沒道理，畢竟所有生命都來自地球、生於地球。

愈來愈熱的夏日，沒有冷氣只好邊擦汗邊審視充滿不必要東西的生活。

街上泛濫的飲料自動販賣機，不必要。澀谷車站十字路口的吵鬧廣告大螢幕，不必要。不必要的東西一大堆。寶特瓶也不必要。雖說可以回收再使用，卻無法完全再利用，就算回收也只是再產生出其他東西罷了，果然還是不必要。據說美國一天要丟掉六千萬個保特瓶。很多人甚至不知道保特瓶其實是以石油製成。

用水瓶不是很好嗎？夏天裝進麥茶之類的冷飲不就好了。不必要的東西明明可以不要，但因爲存在所以就用，並視爲理所當然，連懷疑都不曾有過，這才是根本問題。

霾。

寫著寫著覺得愈來愈灰暗。雖然不是整天黑著一張臉生活，心情卻總是掛著陰霾。

今年的地球演唱會也在世界各地舉行。在日本的千葉和京都舉辦時，參加京都音樂會的英國音樂家麥可・尼曼（Michael Nyman）曾說：「我在這裡彈鋼琴，地球環境也不會因此而變好。就像即使瑪丹娜以環保爲主題舉辦演唱會，聽眾也只是爲了去聽瑪丹娜唱歌。」

這眞的是站在舞台上的表演者心聲。我今年夏天也參加了「妻戀」※舉辦的ap bank fes。此音樂會的主旨在於認識地球現在所面臨的嚴苛環境問題，例如暖化、自然破壞、環境汙染、貧困、戰爭等，並且思考具體的解決方案。除了音樂會外，還有許多跟主旨相關的攤位，同時也辦研討會。這樣的夏日嘉年華，隨便都能聚集數萬人。

※譯註：山葉營運的度假型休閒設施，位於靜岡縣掛川市。

最近的聽眾行爲都很規矩。

七〇年代的野台音樂會，聽眾幾乎都很激進。喝醉酒的人會突然亂丟空酒瓶，「滾到後台去！」的聲音四處傳來。那個時代如果提出環境問題，肯定會被馬上嗆回去「別自以爲是！」，音樂會結束後也總是滿地垃圾（現在幾乎沒有垃圾，而且分類也做得很好）。但怎麼反而有種懷念的心情呢？

不過才三十年前的事。以前反戰音樂會也很頻繁，但總覺得和現在的音樂會有著某種關鍵性的不同。

今年酷暑的夏天，蟬褪去的殼還掛在四處。最近，我用數位相機拍下這些院子裡的蟲子，覺得感慨萬千、無限愛憐，是因爲年紀的關係嗎？抑或是因爲這個地球快走到絕境了……我自己也不明白。

二〇〇七年九月

久違二十年的購物

今年秋天的腳步匆匆溜走，冬季之門已敞開。看著庭院裡的幾株樹木，葉子才剛慌張地染上顏色，轉瞬間就被冬日凜冽的寒風吹落一地。

院子裡的柚子和檸檬在寒日天空下搖曳著沉甸扎實的果子。

在葉山蓋房子已過了二十年。柚子和檸檬要結果得花上十年的時間。要在土地上扎根需經歲月的洗禮，人也是一樣。

在不算大的院子裡硬是種下了各種不同的樹木，夏天茂密生長的各式綠葉，簡直交錯成一片混雜的綠蔭。每年此時都會拜託園藝師傅來修剪樹木，看來今年似乎是來不及了。

和母親一起望著庭院，商量著今年也不得不修剪一下樹枝。但決定要剪掉自己培育的樹木枝葉，需要勇氣。對於一路看著小樹苗慢慢長成大樹的我們來說，這些樹就像是家裡的一份子，不由得想著做這種事會不會招來惡運，甚至想像著會聽到樹木的悲鳴。不，肯定會發出哀嚎聲。是我們有強迫症嗎？每年就在這樣的反覆想像中，讓庭院長成混雜交錯的蒼鬱狀態。「我們實在不夠認眞看待園藝啊。」母親說。「沒想到這些樹會長這麼大啊。」

當院子裡幾乎還是一片荒蕪的時候，鄰居看到此景況，給了我們幾株樹苗，這些才眞正是不能剪的樹啊！

其中有一株是櫻花樹，原本是細瘦的小樹苗，如今變成巨樹，甚至蔓延到鄰居的院子和前面的菜園。還好鄰居們都說「啊，沒關係的，請別在意」。雖然每年都會修剪長得太過的樹枝，倒也安於鄰居的話，讓櫻花樹恣意地伸長。剪下的櫻花粗幹會留下來，哪一天買了燒柴的暖爐時，就能派上用場。

今年已邁入第四個沒有暖氣的年頭。夏天沒有冷氣也撐過去了，所以打算再忍耐一下，直到能買燒柴的暖爐。

屋齡超過二十年的房子，很多東西都需要慢慢汰舊換新。評估優先順序後，今年只好再割捨薪柴暖爐了。

上個月決定先更換廁所的馬桶。之前的馬桶是蓄水槽式，每次沖水的水量太多，覺得「浪費」，所以先換了新的，是ＩＮＡＸ最新的省水型馬桶。但家裡其他人對此評價卻不太好。

當整個坐到底時，母親和我的腳都搆不到地面，因爲身高不夠，腳太短，眞覺得有些悲哀。

其實在更換馬桶前，原本打算去一趟廠商的展示中心試坐，確認使用的感覺。沒想到當時手邊的工作實在太忙，抽不出時間去。難道這就是給我的懲罰嗎？我陷入了自我厭惡中。而且馬桶的表面竟然不平坦，坐著的感覺很難用筆墨形容。我想是因爲不符合日本人扁平的屁股形狀。

廁所是家人使用最頻繁的地方，花了幾十萬元購買的新馬桶，最後卻只能以「啊，算了吧！」來安慰自己。但高齡八十幾的母親肌肉漸漸衰退，不斷哀嘆著：「這麼一來根本沒辦法好好解決。」我一股怒火上升，「那麼，換新的吧？」不是氣母親，而是氣自己。因爲嚷嚷著腳搆不到地不行，只好在家裡找遍了可以當成墊腳台的東西。我跟母親說：「我會排休假做一個墊腳台，你再忍耐一下。」但這卻不是有了墊腳台就能解決的問題啊！墊腳台不能太高也不能太低，要做一個符合人體工學的墊腳台豈是容易之事。最後，拿來試用的墊腳台被棄置在廁所的角落，乏人問津。

最近沒再聽到關於馬桶高度的抱怨，或許是母親已死心了。

再一次把燒柴的暖爐排序往後延，是爲了購買浴桶。

用了二十年的檜木浴桶開始出現木屑。這和馬桶一樣，是每天都會用到的東西。用慣了檜木浴桶後，就不會想換其他浴缸。雖然很奢侈，但檜木桶的保溫效果佳，即使是嚴冬，隔夜後水溫依然殘留，只要加熱就能再泡澡。溫熱身體的效果也很好。

問題在於價格！竟然是二十年前的兩倍，而且還變薄了五釐米。如果堅持要這五釐米，就必須另外訂購，特別製造，那簡直是無法下手的價格！

在檜木浴桶送來的當天，放進浴室後，整個家裡充滿了檜木香。閃亮的新檜木浴桶讓全家人沉浸在幸福的氣氛中。在熱水還沒放入前，睡在裡面感覺一定很棒。但當我回過神來，它已裝滿了滾燙的熱水。

解體的舊浴桶被分解成長條木板，捨不得丟掉。因爲厚度不小，面積大的部分可以當成桌子，面積小的部分只要把表面削平，就是木板。

如果說廁所有一百分的話，浴桶就是超過一百分的必需品。雖然目前還無法購買燒柴暖爐，但有了檜木浴桶，應該可以熬過這個冬天吧。

今年春天，我在秋田縣山本郡三種町下岩川栽種的稻田，收割了七百六十公斤的米，大豐收。因為量實在太多，一家子根本吃不完，我吆喝朋友和我分享收成，一起去收割稻穗。

我的工作（音樂）雖然也是會流汗的肉體勞動，但和農耕的流汗方式完全不同。那可以說是自然流淌的汗水，或者也可以說是非腦袋勞動所流的汗，而是身體勞動流的汗。

和運動選手常說的「流了很實在的汗水」，好像又不太一樣。我很享受在稻作或菜圃勞動時所流的汗水，怎麼說呢，或許是因為含有一種感謝的心情在裡面。

收割機無法收割的四個角落，必須以鐮刀收割。一刀一刀割下的稻穗握在手裡的觸感，被身體牢牢記住。每劃下一刀，身體漸漸牢記收成的要訣，讓人不由得沉迷其中。「啊，就到這裡為止，剩下的就留給機器吧。」在近藤先生說這番話之前，我幾乎無法自拔。

第一次嘗試坐上收割機收割稻穗。被問道「你有駕照嗎？」，我直覺地回答「有的」，卻同時想起，收割機不需要特別的駕照吧？

駕駛收割機比我想像中困難許多。我非常緊張，剛開始開得很慢，龜速地收割著稻穗，被大喊：「請再加快速度。」結果不小心踩了過多的油門，又被說：「請再放慢一點速度。」

這或許就像以前的孩子無法上理髮院，由父母親在家裡用剃刀剪髮一樣。為避免割得像狗啃的一樣，必須邊開邊順應著稻畦不平整的起伏，換句話說，眼睛得觀看全景，慢慢地前進。習慣後其實很容易。

有些農家沒有收割機，也有些稻畦收割機開不進去。更別說收割機其實很貴，一台要價六百萬以上，而且還得有大型貨車將收割機運到田畦才行。以前收割後會看到在田裡曬稻梗的景象，但因為稻梗淋到雨容易腐敗，現在的農家幾乎都使用乾燥機了。投資這些周邊相關的設備，需要龐大的花費。

米的利潤很薄，日本人消耗的米量愈來愈少也是原因之一。都會人因為早上太忙碌，總以麵包解決早餐，但事實上早上吃飯和吃麵包，當天的身體能量完全不同。不知道有多少人體認到這一點呢？

晚上吃飯的人很多，但我認為早上才更要吃飯。

自己收割的無農藥稻米無條件地絕對是最美味，我每天早上都吃剛煮好的糙米飯之後才開始工作。

在眾多令人生氣的新聞當中，關於「保存期限」、「賞味期限」才是最令我感到忿恨的事。

產品應該只需要標記「製造年月日」，但不知是誰打的壞主意，使得現在變成得加上「保存期限」標示，而養成了大家只要一過保存日期就丟掉的浪費習性。一般家庭裡應該沒有人確實遵守此期限吧。其實只要吃之前嗅嗅味道，察看外觀的顏色，或放入嘴裡嘗嘗，覺得不對勁就吐出來不就好了，何必搞成這樣。

或許整體來說這是有益身體的考量，但即便平均壽命延長了，其中又有多少人能不必長期臥病在床，或不接受照護而能夠自理生活呢？和超過八十歲的雙親一起生活的我，不由得這麼想。

不用按沖水鍵也會自動沖水的馬桶，只要把洗衣劑丟進去就能全自動洗衣烘乾的洗衣機，還有微波爐（我家沒有）等。

不論科技如何進步，每天的生活終究是人與人的交集。親子關係也需每天不斷的累積。全盤接受所有新事物，不見得就會爲各自的生活帶來好的結果。

「爸，要幫你準備水龜嗎？」「不用，今晚滿溫暖的。」「媽呢？要水龜嗎？」「我已經放進棉被裡了。」

這是我家晚飯後的對話。接著，我也燒了熱水準備起給自己用的水龜。

眺望著小春日和的院子，時常來訪的綠繡眼飛來，在石頭的水盤裡玩水沐浴。輪流戲完水，再躲到開滿了山茶花的樹後面，忙碌地在枝頭間飛來飛去。我晾著野貓「小錦」鋪在紙箱做成的床裡的毛巾，心想著要再幫牠加一條溫暖的毛巾才行。

二〇〇七年十二月

快樂的事和開心的事

我不曾回顧過往的自己，例如想回到年輕的時候，或是覺得以前比較好。但，卻無端地懷念起一九六〇年代。

當時的人肯定不像現在的人只會空談。那是沒有網路也沒有行動電話的時代，能誠實不諱地訴說夢想和希望的年代，而且是有許多閒聊時間的時代。不會過分強調酒或菸、安全帶或體脂肪的時代，甚至連愛管閒事的鄰居都令人感激。反觀現在，這些生活的細瑣之處全部都有法規條例，無所不在的煩擾之網，讓人宛如被捕捉的鳥，掛在網上動彈不得。

我心裡的六〇年代，是個大字的年代。可以在地上躺成大字形眺望天空、打盹，或是天馬行空馳騁亂想。現在應該沒有孩子會在地上躺成大字形央求什麼或夢想什麼了吧？

整個縮了起來。身體縮成一團，整個社會當然也跟著縮成一團。

有沒有什麼快樂的事呢？最近發生過什麼快樂的事嗎？還得特別思考才想得出來，想必是不怎麼快樂吧。我很喜歡我的工作，在現場演唱會中可以遇到很多人，或是進錄音室時，都是最快樂的時候。但也不是每天都有工作，所以「快樂」的儲蓄一下子就用完了。

那麼除了工作以外，還有什麼快樂的事呢？即使想起過去曾經有過的許多快樂，也不一定就能讓現在變得快樂。

在想著這些那些的同時，突然又覺得，其實不特別快樂也不是什麼大不了的事。我既沒有什麼很大的煩惱，身體也沒有什麼病痛。好好做自己應該做的事，只要有小小成就般的「快樂」應該也足夠了。

今年我也去了秋田插秧。我將種稻的近藤先生介紹給我的朋友認識，在讓人大汗淋漓的晴空中，赤腳踏進田畦裡插稻苗。插完稻苗後，「啊～身體爽快多了～」連臉色都變得完全不一樣了。

東京是個電磁波匯集的漩渦。赤腳在泥土上行走據說有助於去除身體內累積的電磁波，田畦的泥土肯定效果更好。

上午忙完稻作後，近藤先生請大家到他建造的小屋一起吃午餐。菜色有附近山裡採收的野菜、飯糰，加了香菇、當地土雞和蕁菜的味噌湯。今年的近藤先生氣色心情都很好。「來吧，大貫小姐，多喝一點吧！」被他敬酒，起了「誰先喝醉」的玩興，一杯變二杯變三杯⋯⋯。

「啊，大貫小姐啊，我家兒子一直找不到好對象呢。」

近藤先生的兒子繼承耕稻農作。鄉下的農家非常缺乏對象。

「近藤先生啊，其實現在大都市的年輕人也一樣，二、三十歲的未婚年輕人就占了百分之三十八，有些連交往的對象都沒有呢。」

「可是，大貫小姐⋯⋯啊！還是喝吧，多喝一點。」

雖然各地區狀況不同，但現在不論種稻或是收割，大部分農作都機械化了，農家媳婦已經不像以前一樣必須承擔勞動。如果我再年輕一點的話，或許會因此動搖呢。在蒼綠的大地上流汗勞動是多麼爽快的事啊！遺憾的是，年輕時竟沒能察覺這件事。我自己也是。

我幾乎不在大白天就開始喝酒，但卻無法拒絕等著我乾掉杯裡的酒、準備再幫我酌酒的近藤先生。

在一杯接一杯的喧嘩中，突然發現小屋裡已沒有朋友們的蹤影。我在心中吶喊，「喂～別留下我一個人啊～」

一望無際的田園，浮雲緩緩飄動的藍天。遠處三三兩兩農家的屋頂。一到冬天會被白雪覆蓋的封閉地區。

「近藤先生，你冬天都做些什麼？」我試著問。一旁的近藤太太康子倒是回答了：「很多啊，要做的事可多著呢，做便當送去給附近獨居的老年人等等的啊。當然最重要的是準備春天播種的幼苗。」

令人遺憾的，將這段對話寫成文字卻無法傳遞出秋田獨特的口音。剛開始朋友就跟我說過，和近藤先生通電話時可能會因爲口音太重，聽不太懂他在說什麼。但我顯然沒有這種困擾，對於沒聽過也沒用過、首次接觸的方言，我的耳朵似乎十分雀躍，所以才這麼快樂！宛如音樂。我出生在東京，只會說標準話，所以很喜歡聽各地的方言，喜歡聽方言獨有的韻律連成的對話。我也會試著模仿，雖然說的話內容相同，但由於音調改變，情緒的表達也變得更強烈了。

近藤先生喝多了以後，心情變得超級好。如果是一般的太太肯定會說「你別再喝了吧」或是「你喝太多了」，但康子卻不這麼說，眞是太棒了。一定要的啊！快樂的時候被澆冷水，當然不行啊。

從秋田機場往北開車約一小時，我們的稻田就在這裡。黃昏時刻到附近的溫泉泡完澡，再開始晚餐。

餐桌上每天都煮了糙米和加了雜穀的白米飯兩種，早晚吃得很扎實。去年收割的米，今年秋天之前已然用罄。

說完快樂的事，接著來說說開心的事。

到世界各地工作或遊樂，其中停留時間最長的是非洲，其次是巴黎、紐約。在非洲因爲都只有野生動物，無法成爲朋友，但其他城市就有每去必見的朋友。這些朋友幾乎都是透過音樂認識的，也就是樂手。

前幾天收到了一個小包裹，打開後，裡面放著一個可以日常使用的愛瑪士美麗小包包和一封信。寄件人是住在巴黎的男性朋友K。

K幾乎小我一輪（或更多？），和他第一次見面應該是在八〇年代，當時我在巴黎有錄音的工作，和當地的接待聯絡人一起出現的他突然對我說：

「大貫小姐，你記得我嗎？」

「我曾在大貫小姐也知道的西麻布的店裡工作，在那裡見過大貫小姐。」當時這家店還存在時，地名不是西麻布，而是舊名霞町。那家店的名字，我記得是「詩林」。

「我很喜歡大貫小姐的〈カイエ〉專輯，就是聽了這張唱片才來到巴黎。」

「然後就一直待在巴黎？」

「是的。」

這眞是太讓我詫異了！但另一方面卻有種罪惡深重的內疚感。我的唱片成爲促使他行動的契機，這樣的結果，讓他因而獲得幸福了嗎？

自從在巴黎相遇後，我每次去巴黎總是會找他一起吃飯、買東西。每次見到他，他總是不停地換工作，有一次我問他：「你現在在哪裡工作？」「我現在什麼也沒做。」我擔心地問：「那你怎麼生活呢？」「失業津貼可領一年，至少能過日子。但一年快過了，得趕緊找工作才行。」他說。

K有著獨特的氣質，問他問題時，他通常不會馬上回答，而是思考了一陣子後才會回答。但這和悠哉的個性不太一樣，而是一種無論做什麼事都很仔細謹愼的態度。再加上K總是知道一些氣氛很好的新餐廳和酒吧，多虧了他的介紹，我在巴黎總是非常盡興。

我是個急性子的人，碰上他緩慢的步調，常讓我只能嘆氣以對。巴黎價格合理又美味的餐廳，菜單大都是手寫難懂的字體，要不是有他在，我連點餐都無法順利。「嗯，這個是鴿子……」「那其他的呢？」「嗯……下一個是兔肉。」我總是等著他的細心說明。在我和朋友用完餐聊天的時候，他也總是慢條斯理地咀嚼品味，最後再用麵包把盤子裡的醬汁抹乾淨，似乎很享受地送進嘴裡。

一九九九年的冬天我住在巴黎的房子，就是他爲我找到的，就位於聖日耳曼德佩區，是間位在巷弄裡的畫家工作室，附近有如今已成爲巴黎熱門觀光景點的雙叟咖啡館。

「大貫小姐，剛好有個好消息要告訴你。就在你想在巴黎找公寓的同時，有位畫家剛好要離開巴黎一陣子，如果喜歡的話，歡迎妳來住。」

當初曾拜託房仲幫我找公寓，但一直沒有什麼好的物件，此時竟然有這麼好的事自動找上門。他就是這樣的人。

當時的他雖然沒有固定的工作，卻似乎總是有很多人拜託他事情，經常聽他說哪一天沒空。不少年輕人在海外都選擇和別人分租公寓，他也一樣。

有一次，他在自己的公寓辦了一個派對，法國朋友都齊聚一堂。當時他介紹了法國室友給我認識。

沒多久後，他對我吐露了一些不滿。他幾乎是不會說這種話的人。

「你一定要聽我說。前幾天我買了一瓶很好的香檳。我把大貫小姐送我的東西（好像是日本食物吧）放在冰箱裡，期待可以慢慢享受這些食物。但我一回到家打開冰箱卻空空如也，我太震驚了，於是詢問了室友。他正在洗澡，我於是偷瞄了浴室，沒想到他一邊泡著澡，一邊吃著我買的香檳和大貫小姐送我的東西。我實在太失望了，問他爲什麼擅自吃我的東西，他竟然回答『因爲放在冰箱裡啊』，你說是不是太過分了？」

這件事過了不久我就回到日本了，後來聽說他搬離了那間公寓。

後來的幾年我沒有機會去巴黎，也沒再見到K。但偶爾會收到他的消息，像是他在某間店工作，而且是那一棟有很多時尚精品店的百貨大樓，我在巴黎散步時經常會順便進去買東西。也曾收到他在夏季時從南法寄來的風景明信片。知道他正享受著自己的人生，我像爲人母親般安心許多。

有一天，我收到他寄來的信。

「大貫小姐，今天發生了很美妙的事，請替我開心！我被愛馬仕挖角了。」

讀著這個消息時，心裡的開心眞是無法言喻。認眞工作的人總有一天會被人看見，這是我篤信的信念之一，而此信念的果實也發生在他的身上。隻身前往巴黎，每天腳踏實地過日子，不輕易表露身爲異鄉人的種種委曲哀傷，熱愛著美麗的事物。這樣的他，終於有了回報。

他寄來的郵包裡還附了一張自己的近照，照片裡的他夾在店裡員工瑪琳和亞美莉的中間，露出微笑，穿著西裝，已不再是我認識的K，而是一位散發著帥氣、自信又幸福的年輕人。

看著這張照片，我竟然不自覺地眼眶泛淚。繞了一大圈路，總算値得了。

K寄來的信中提到他現在住在盧森堡公園附近。

「今天休假，一早爲窗邊的植物澆水。公園裡各種植物的種子乘著風飄到我的陽台。無花果和白樺木和許多不知名的植物漸漸長大，大自然眞是撫慰人心啊。我的同居人名字是COCHON，是隻九歲的兔子，因爲是在我家出生長大的，牠似乎以爲我就是牠的爸爸了。」

期待再次收到開心的消息。保重喔！

二〇〇八年六月

空蟬之夏

今年夏天家裡玄關處的凌霄花也綻放了。明明不記得曾經種下它，卻每年都開花，曾幾何時枝幹也變粗了。

花只開了一天就凋落，但一朵接著一朵不斷盛開。凋落的花以原本的鮮豔色澤就這麼躺在地上數日。有違如此旺盛的生命力，凌霄花會讓人感到無常，或許就是因爲仍處於盛開狀態的花朵就這麼突然凋零了。

八月十五日。蟬叫聲喧嚷不止的正午。鎮上的警報響起，通知大家默禱的時刻到來。

我的父親曾身爲特攻隊員，在三重縣的深山飛行基地迎接這一天。砍掉松樹林的粗糙基地，是爲了接下來的本土作戰而建造的臨時基地，如果敵人從伊勢灣登陸，就在水邊以身抵抗，將敵軍擊沉。

這一天，大家在機場跑道旁的松樹林集合，聽著收音機傳來的天皇的宣告。但蟬鳴聲過於喧囂，聽不清楚。隊長抽出掛在腰間的手槍，對著天空鳴了一槍，蟬鳴霎那間停了下來，但下一瞬間又開始響起。

結果還是沒能聽見收音機的播放，之後詢問明野的總隊，才知道原來戰爭已經結束了。

經過土裡的長時間冬眠，正歌頌著短暫夏日生命的蟬，是告知夏天來臨的喜訊之一吧。體驗過戰爭的人，想必聽到蟬鳴就會想起那段無法忘懷的記憶。

父親的戰友佐佐田少尉喪身於雷伊泰灣※，他在出發前掛著笑容交給父親的紙片上寫著：「在遙遠的海神號彼端消失，和蟬一同哭泣。」

體驗過戰爭的世代逐漸凋零，出生在沒有戰亂的和平世代幾乎掌控了這個國家樞要。我也屬於這個世代，度過沒有人為了戰爭而殺人、家裡沒有人因為戰爭而喪失生命的和平時代。但是看著父親背影長大的我，對於幾乎不曾向家人說起戰爭悲慘過去的他，在一次打開禁忌話題時，聽到他親口道出那段過去，我才明白那時的沉重與悲絕就像個楔子般緊緊跟隨在他身上，無法將那個時代切斷。

同樣身為特攻隊員、也是父親戰友的加治木少尉留下的遺言說道：「人愛著人，只要心裡懷著為自己心愛的人而犧牲的信念，日本民族就不會滅亡。我帶著此信念出征。」我們是否好好守住了這個國家不使其蒙羞，是否無愧於為了這個國家而喪失性命的人？我不這麼認為。每每思考這件事時，我真的感到愧疚，而且每天都這麼覺得。

父親在昭和二十年（西元一九四五年）四月三日，以沖繩特攻第一陣隊成員的身分從鹿兒島知覽出擊，不久後就遭遇敵軍八架格魯門戰鬥機埋伏，油箱被擊破。父親駕駛的隼號配有兩口機關砲，而格魯門戰鬥機則有六個砲口，追擊而來的彈砲就像赤紅的冰棒。父親駕駛的隼號被油淋到，防風鏡被全面染黑，眼看黑油就要跑進飛行眼罩沾到眼睛，機體則呈現倒立狀態往海面直線墜落。這時候，發現德之島浮出海面，飛機緊急降落在被炸彈炸得滿是坑洞的跑道上。父親已經不記得自己是如何離開駕駛艙的，人才從機體滾落，隼號瞬間就被敵人的炮彈擊中，化成碎末和粉塵。

在愈來愈接近戰敗的時期，特攻隊的戰鬥機也面臨零件及維修不足的窘境，根本成了隨時可能解體的劣等戰機。

※譯註：位於菲律賓雷伊泰島以東的海灣，一九四四年二次大戰期間曾發生雷伊泰灣海戰，美國成功登陸，日本艦隊大敗。

戶籍上父親的忌日被註明爲昭和二十年四月七日。姑且有可能還活著，但在戰爭末期，一個少尉的生死根本沒有人在乎吧。電報發送到第六航空軍隊，父親被視爲已戰死，陸軍部接到聯絡，再把通知寄到無人留守的家裡。

近來，我體認到人的生死無法以命運一詞帶過，不論是戰爭或是重病，活下來的人只能活著。即使年輕，也有可能因爲自己及周圍的人也無法接受的意外事故而死去。因此，或許人出生時基因裡就被設定了生命的長短。既然如此，每天都應該過得沒有遺憾才是。我相信比父母早逝是不孝的事，但我怎麼會知道明天自己會發生什麼事呢，所以我總是對父母親說：「我每一天都過得沒有遺憾，如果萬一我突然死了，請不要難過，要相信這就是我的人生。」

一出生的同時，每個人就已經開始走向死亡。我經常提醒自己不要忘了這一點，這也是我生平的信念。因爲不論是蟬或是身邊的小狗小貓，都是這樣在我面前結束牠們的一生。

在德之島撿回一命的父親，之後和其他的生還者一起移防到喜界島，在空腹飢餓和絕望中懷念著死去的戰友，感嘆自己爲何還苟延殘喘於人間。四十天棲身於甘蔗葉搭蓋的小屋，和虱蟲共處，一天只以一碗麵糊拌野草末的味噌湯果腹。

終於等到內地來的救援隊，原本應該有兩架救援機（大型轟炸機），不知爲何只來了一架。從四周的島嶼漂流來到喜界島的人員共有二十八名，但是救援機只能容納十四人搭乘，於是以抽籤的方式決定，將款冬的莖綁成一束，一半長一半短，抽到長莖的人先搭乘，抽到短莖的人就留下。父親抽到的是短莖，再怎麼懊惱也沒用，這麼一來不知要等到何時才能回到內地。

運氣好的人說著：「我們先回去了！」帶著微笑搭上飛機，父親則站在跑道上目送他們。救援機趁著寂靜的半夜三點起飛，但才上升不到三百公尺，就被埋伏的敵軍夜襲戰鬥機殲滅，瞬間在空中爆炸，化成灰燼。

父親說那景況他一生無法忘懷，只能以「命運的分歧點」來形容。

父親因而第二次逃過死劫。

基於此……無關自身的期望與否，就認爲活下來的人應該做的，就是對死者負責任。

當天夜色皎好，天空滿是點點繁星。因爲不可思議的命運，自己竟然還活著，父親想著，夜空中浮現了母親的臉，耳邊似乎也傳來了聲音：「健一郎，你千萬不能死，媽媽一定會保祐你的。」

父親想起久未想到的母親。即使母親什麼都幫不了，但對於一個前途大好的二十歲青年，到底是無法理解自己身爲特攻隊所被賦予的任務，更難想像戰爭末期的每一天是如何面對這些難困的任務。

後來，搭上了最後一班救援機時，父親已有二分之一機會會被擊落的覺悟，一口氣喝乾了泡盛，帶著毅然決然的心情搭上飛機，接著陷入昏睡。不久後父親被夥伴搖醒，從飛機裡望向窗外，眼前出現了九州的群山。當下父親百感交集，「我眞的活著回來了。」但這也只是短暫的片刻，之後他們被丟到福岡的收容所（振武寮），被命令每天抄寫軍人勅諭，每天一早就被滿身酒臭的參謀軍官臭罵：「你們這些怕死的膽小鬼，眞是軍隊的恥辱。」

最近幾年不時有以特攻隊爲主題的電影，不論是哪一部，幾乎都離眞正的特攻隊實情相距甚遠。

在敵人埋伏伺機而動中，面對從不曾中斷的對空炮火，即使是一流的戰機要突破險境也是困難至極，更何況是老舊的中古九七式戰鬥機和九九式高等練習機，要他們抱著炸彈突破重圍，連能不能順利抵達沖繩都是一大考驗。

在前兩天接到出擊命令時，只接收到一紙命令寫著：「當天會有救援戰機護航，轉移敵軍注意力，以期達成目的。會有戰果確認機尾隨，目睹各位的最後模樣，並將戰果公布於全軍。出擊時，會告知沖繩的天氣、船隊的位置、狀況等明細。」

但實際上，別說敵軍的船隊狀況了，連天候也毫無消息，更沒有什麼公布戰果。所有的理由只有「軍令的安排」一句話。

出擊當天只被告知一句話：「以毅力和精神衝破所有障礙，突破重圍。」

知道是去赴死，當然希望能達成任務，全部的隊員都十分憤慨，至少應該告知當地的天氣吧！即使有人去問，也只得到「應該是多雲吧」的回答。

進入雨季的沖繩，如果下雨，對於無法搭載充足燃料返回基地的飛機而言，等於是只能接受命喪大海的命運。更何況完全不知道敵軍的船隊到底集結在何處，「應該有幾百艘吧。」只有這般的模糊臆測。

於是，在什麼情報都不明的空白狀況下，他們只能遵守命令，到了出擊時刻就立即起飛。

不光是特攻隊，在這場戰爭中犧牲的性命不計其數。但爲什麼如今特攻隊還時常被拿出來當成話題，我想是因爲把自己當成炸彈的異常作戰方式是放眼世界也找不到的吧！

回到內地的父親，在振武寮裡每天都想著，如果當初和夥伴們一起死去就好了。然而卻在這時候接到返回原部隊，重新編入特攻隊的命令，就如文章開頭提過的，父親被轉調到三重山中的飛行基地，在那裡等到了敗戰的消息。繼天皇的敗戰宣言之後，四處流傳著這是故意散播的敗戰謠言。

還說，對美國來講，特攻隊全員都是瘋子，如果放了他們一命，在進駐策略上肯定會帶來阻礙。因此，「全員都被關進刑務所，而且將處以絞刑。」全部的特攻隊員都相信謠言是眞的。

隊員分成兩派，一派認爲既然戰爭結束了，就沒必要捨棄性命。另一派則主張與其被美軍當成戰犯槍殺，不如自己結束生命，還可保有軍人之名譽。在互相爭論後，有三人舉槍自盡，另有三名不顧整備兵的阻止，就這麼駕駛飛機往伊勢灣撞去，當場自爆身亡。

昭和十八年（西元一九四三年），軍隊特別到當時的大學及專門學校裡，對學生發出募集特別駕機見習士官，當時有一萬多名學生志願參加，結果只錄取了兩千五百位。父親也是自願放棄大學求學，成爲見習學徒兵的其中一人。或許因爲比起陸戰隊，大家對駕駛飛機懷抱更多憧憬，競爭才如此激烈。那時肯定沒有一個人想到特攻隊的作戰方式吧。這種自殺作法，也是隨著戰局漸逐惡化、步步敗退後指揮軍官才想出來的特攻作戰法，進而下令編組特攻隊。

後來關於特攻的報導，都說是當時的青年抱持「我們要救國救民」的熱忱而志願加入特攻隊，但其實大半的年輕人根本是在不得不簽下「熱切希望成爲特攻隊員」的自願書而被強迫加入的志願兵。但既然是志願參加，秉持著學徒兵的自傲，大家都決定成爲後輩的榜樣，乾脆且漂亮地戰死。

不久，菲律賓決戰開始，學徒兵一個接一個飛往遙遠的南方天空。在菲律賓決戰中，因爲美軍壓根沒想到特攻這樣的作戰方式，起初的戰果確實比預期要高。但美軍知道了此作戰方式後，也學到應對的戰略，在沖繩戰時配備了雷達，等候特攻飛機來送死。

在沖繩特攻作戰中，綜合海陸軍共有約四千架飛機出擊，但是其中百分之九十五都在途中就被擊沉，不是在空中成爲對方的炮火目標，就是因爲機身故障而無法飛抵目的地。

一戰後美軍的發表，沖繩戰役中美軍船艘只有不到一成被擊沉損傷。

出擊的隊員留給家人的遺書，其中令人愕然無語，我根本讀不下去。因爲會受到軍隊的檢閱，只能從這些凜然的言詞中聽到背後潛藏的痛哭之聲。若問自己是爲了誰而死，說穿了當然是爲了自己的父母、兄弟及身邊的朋友。這一則一則的思念集大成，化成保護心愛之人居住家園的行動，在心裡下定此決心，赴死亡之途。

我的父親委託了當時剛好在台灣台中任航空隊的同期中島少尉，留言要他傳達給當時疏散到台灣避難的母親，「即使是遙遠的南方高砂島，我的靈魂將永遠與母親同在。」

父親爲了不讓母親掛念，不由得隱瞞了自己成爲特攻隊員一事。但一直沒有兒子音訊感到不安的母親詢問明野的部隊長，收到了回信：「大貫少尉自願加入特攻隊員，勇敢前赴戰場。」母親詫異萬分，不知所措。當時特攻隊員被當成軍神祭祀，但母親只是不斷祈求上蒼，「請保佑我兒子的性命，我願意以自己的性命作爲交換。」父親到後來才從自己的姊姊口中得知，母親沒有一天中斷替兒子祈福平安。

在父親出任務後的一個月，官民一起爲戰死者舉辦了盛大的葬禮。父親的母親身爲遺族代表，卻堅決不肯出席，相信兒子還活著的信念一點都不曾改變。「健一郎肯定還活著，如果他眞的死了，一定會託夢來跟我告別的。」

戰爭結束的隔年，父親終於在山口縣的宇部和母親重逢。當時母親喜悅的淚水讓他一輩子難忘。但就在決定好好孝順母親後不久，母親卻驟逝，享年五十三歲。

對於不曾見過的祖母，在我心裡留下濃濃的身影，雖過了六十年的歲月，我依然感到她強烈的意志支持著我。「你和我死去的母親很像。」父親時常若有所思地對我說。我常想，要是祖母能再長命一點就好了。但能和兒子相逢，想必祖母終能安心離開人世了吧。在荒野中送走母親後，父親的姊姊對他道出了關於母親的回憶。

「在收到你戰死的公報、舉行葬禮後，約過了一週，有兩位年輕的少尉來訪，說自己是與你同期的中島，要來爲你上香。終日悲傷慟哭的母親突然一反常態，見到有同期代替兒子返鄉，感到欣喜若狂，準備了酒和許多料理招待對方，終於露出開心的笑容。過了兩天，中島帶了金津和淺野一同前來，『淺野不久也將遠赴西方，請讓我替他送別。』於是請附近的太太幫忙，準備了豐盛的佳餚款待。母親讓三人入浴，並且替他們刷背，反覆說著：『千萬不能死，戰爭結束後一定要回來，回到父母親身邊，一定喔。』三人只是低頭不語，肯定淚流不止。中島還開心地說：『我常和大貫一起在中國北方吃中華料理，但還是日本的味道好。』母親聽了很高興，心情也終於轉晴。

遠赴西方應該意味著前往西方淨土吧，今晚就是訣別之夜，一想到此讓人無語。當天大家都留下來過夜，喝到深夜，開心地談笑，隔天早上一直揮手直到看不見身影，『別了！別了！』大聲地道別。

這一天之後，就再也沒有任何人的消息了。母親每天都掛念著『到底現在情況怎麼樣了……』就像擔心自己兒子安危般膽顫心驚地等著。

六月中，突然有位整備軍官來到家裡，『淺野少尉在五月二十一日，中島少尉在六月六日特別攻擊隊前往沖繩的途中壯烈地戰死了。金津少尉則在五月十九日台中上空戰死。中島少尉在出發時曾說，豐原的一晚如同回到自家般，已經死而無憾了。我將三人的遺物送來，當成給各位的回禮，感謝您曾照顧過他們。』

那是一般平民無法取得的全新純絹質、長數十公尺的純白圍巾。我無法停止顫抖的身子，母親將臉埋進圍巾裡，泣不成聲，無法止息。這些年輕人的父母是什麼樣的心情！戰爭中日本各地都上演著這般的家庭悲劇，多到無法勝數。能和你再重逢的母親，那張笑臉，我一輩子也不會忘記。」

身為撿回一命的特攻隊員，近年因為電視和海外媒體的採訪和委託，父親接二連三地不斷被問到相同的問題，每次都不得不再度陷入當時的回憶。我知道當時的事已隨著時間化成故事並結成果實了。

「喂，大貫，替我傳達我的悔恨吧！」死去朋友的英靈如此激勵著父親，正如不知交杯飲過多少酒，父親將他們的聲音，如實地傳達了出去。相信這應該是對他們最好的供奉吧。

二〇〇八年九月

※附註：以父親的專訪為依據制作的NHK特別節目〈學徒兵 不被允許的歸還〉之後集結成書出版。大貫健一郎、渡邊考合著《特攻隊振武寮──證言：歸還兵看見了地獄》（講談社、二〇〇九年七月）

銀河

已進入十二月，竟然還有蚊子在枕頭邊嗡嗡叫。夏天的蚊帳早就收起來了，只好把頭躲進棉被裡。

（到底是怎麼回事……早就不是你們應該出現的時候了啊）

從睡夢中被吵醒，猶豫著是要起來抓蚊子還是不管牠，但我有幽閉恐懼症，根本不可能一直悶在被窩裡，只好從棉被裡伸出頭來，像浮出水面大大吐了一口氣。據說不久的將來日本也會飛來傳播虐疾的蚊子，如此一來，或許十二月會有蚊子出沒也不是什麼值得大驚小怪的事。眞是讓人苦惱啊。

這麼說來，昨天院子裡也發現了田鼠的屍體，今年以來已是第三隻了。體長約十二公分，全身覆蓋著焦茶色膨鬆茂密如毯的長毛，肥肥胖胖的身體。我把牠放在手上仔細觀察，順便用數位相機拍了下來。

據說地鼠「照到太陽就會死」，但其實不會一照到陽光就馬上死掉。肯定是因爲地下的勢力爭奪戰才被趕出地表來的吧。就算在地下，也同樣有著嚴苛的生存競爭。

田鼠以蚯蚓、昆蟲及其幼蟲、蜈蚣、蛞蝓、蝸牛等爲食，而且一天據說能吃進自己體重一半的量，實在太驚人。以人類的小孩來換算，等於一天吃掉一百五十碗的飯！如此小的身軀！

既然田鼠能在這裡居住，想必這個院子裡有充足的食物吧。這個季節，院子裡堆滿了落葉。我家不會把落葉掃成一堆，只是放任其腐壞，其中肯定隱藏了很多美味的食物。晚上想收拾貓吃剩的碗時，發現碗裡竟然有好幾隻蛞蝓；一挖土就馬上出現蚯蚓；把盆栽移開，下方總是占據了一群木蝨。

早晨走到院子，石板的露天桌上有著蛞蝓爬過的銀色痕跡。蛞蝓似乎以貓食爲目標從遠處而來，到底牠們是怎麼知道這裡有食物的呢？我立即上網搜尋，出現了「日本蛞蝓大圖鑑」的網站，點了進去，出現「你是第041741位的軟體動物」一行字。半夜檢索著蛞蝓的自己，某種程度來看是「軟體動物」也說不定。但是卻怎麼找也找不到可以回答我疑問的網頁，盡是些驅逐害蟲的網站，重點是，都不是連上我要找的蛞蝓，盡是些奇怪的網站。漸漸地怒氣上升，火大地關掉網頁。把焦點放回到田鼠身上吧。

田鼠有四個特質，第一，全身被毛所覆蓋；第二，溫暖的血液流遍全身；第三，會生小田鼠並以母乳哺育；第四，耳朵和鼻子可以感應周圍的環境，並且具有思考行動的能力。雖然住在土裡，但同爲哺乳類身體的功能與人體是相似的。換句話說，小田鼠是我們的兄弟。但對於第三和第四點，人類或許應該向田鼠學習。

一如往常，環境主題的詢問和採訪邀約依然很多。環保的資料只要在網路上檢索立即能找到許多，其實應該要由每個人自己主動來了解問題才對。我曾一度抱著懷疑，大家眞的有興趣聽我講這些內容嗎？但或許是因爲專家說的話太難了，不易理解，由我這樣的人來談反而剛好。

最近隨身攜帶環保袋的人變多了，如果眞的想要斷絕塑膠袋，所有的市場一起停止使用不就得了。有些我認識的店家會爲沒有袋子的客人準備一些使用過的紙袋，讓他們能將物品放入帶回家。塑膠袋不但會發出惱人的聲音，而且還會被風吹得四處飄散，甚至飛到海洋，使得海龜和鯨魚時常誤吞，導致死亡。在談環保問題之前，我認爲對這種事完全無感的人才是最大的問題吧！

前幾天我又接到一場談話活動的邀約，內容是關於綠色能源，地點在日本橋三越本店。

其實印象中我只去過一次日本橋三越。我是在東京久我山長大的，只要搭井之頭線到澀谷，幾乎所有的事都能解決，實在沒必要去到東邊的日本橋附近。但這次卻讓我很震驚。我不是去買東西的，所以令我震驚的不是商品，而是建築本身。

我當然知道它是昭和十年（西元一九三五年）建造的老舖，但令我驚訝的是建築本身之奢侈華麗，就連現今也不可能再蓋出同樣的建築吧！內裝使用的大理石中竟然嵌入大大小小的鸚鵡螺化石，邊買東西還可以欣賞化石。但來逛街購物的人應該不會注意到化石，只會關心商品吧。據說三越日北本橋總店也被選爲東京都的歷史建築之一。

本館一樓的中央大廳就是我談話的地點，挑高四層樓整個鏤空，而且豎立著一座天女像。這個「天女像」完成於昭和三十五年（西元一九六〇年），由雕刻家佐藤玄玄在京都妙心寺內的工作室，花了約十年的歲月才完成。

從下往上看，幾乎是直達天際的驚人氣勢，令人瞠目結舌。我只能這麼形容。習慣了當代極簡設計風格的人，應該都會覺得有一種違和感。但因爲是鑲嵌化石的大理石建築，才讓人不會感覺到不舒服。

背對著天女像，我開始了談話會。正面是個巨大的聖誕樹，裝點著閃爍的霓虹燈，聳立在挑高的空間裡。如果事先知道談話的地點是如此情況，或許我就不會接受這次邀約了。

「在……這裡嗎？」我不由得這麼問。「是的，沒有更適合的空間了，眞是抱歉。」

沒有什麼比在購物人潮來來往往的地方談話更悲哀的了，不免讓人想到車站前背著選舉旗帶的候選人，面對來來往往趕著通勤或回家的上班族，沒有任何人停下腳步。我心情沉重地在等候室等待。百貨公司員工休息的後場冷冷清清，或許是因爲節電，到處都昏暗不明。牆上貼著「以笑容歡迎顧客」的標語。

時間一到，我前往會場。我在天女像的後面等著，女主持人開始介紹我的經歷：「接著，讓我們歡迎大貫妙子小姐！」

我走下大理石階梯，站上放著摺疊椅的舞台。會場設置了約四十張摺疊椅，幾乎坐滿了人。

「今天請大貫小姐來談談綠能和她每天過著什麼樣的生活。但首先請大家看看眼前的聖誕樹，這些霓虹燈都是由綠能供應的。」

原來如此……但是又想到百貨公司裡的照明，原本聖誕樹就不需要那麼多的燈泡吧。

我們的生活幾乎全依賴電氣製品來運作，到底該如何減少耗電量呢？我開始談起自己曾到哥斯大黎加及非洲的經驗，以及出身長大經歷過的東京六〇年代，那個即使貧困（其實我一點都不這麼認爲）卻充滿活力的過去。

最近《國家地理》雜誌做了一個〈氾濫的照明燈海〉特輯。九〇年代後期由人工衛星和地上資料集結成的「夜間的世界地圖」讓人瞠目結舌，別說美國或是歐洲了，連日本的國土形狀都清楚呈現，被標示爲「特別明亮的區域」。這些完全是異常現象。

過了二〇〇〇年至現在，想必情況更加惡化了吧！依計算，人類有三分之二生活在「光害」的天空下，五分之一的人生活在看不見銀河的明亮夜間世界。「光害」這個詞在人類的歷史上還是最近才誕生的概念（約百年前）。人類和動物失去了生存必要的黑暗，無法維持體內正常的生理時鐘，對精神健康上的危害想當然爾。

在特輯裡，記者維林・克林肯柏格（Verlyn Klinkenborg）寫道：「讓黑夜變得明亮，等於是放棄早晚的生活節奏和黑夜裡浮現的星空，等於失去了人類進化的重要遺產和文化遺產。我們或許正不斷陷入迷途，看不清自己的生存地和存在的大小。只要能看到漆黑夜空裡一片浩瀚的銀河，或許就能明白原來自己是如此渺小。」

從出生到現在，有多少人看過天上的銀河呢？我曾在非洲採訪時體驗過黑暗的恐懼和震撼。甚至不必到非洲，只要到南方的島嶼就可以體驗到了。當望著天空被滿天繁星塡滿的壯麗景色時，我們就能確認地球不過是宇宙的一小部分罷了。

在談話會中，我談到自己周遭的事，沒有空調的生活，推薦大家使用水龜，還有自己耕種稻米的經驗及思考食物問題等等。之前一直擔心大家的反應，但看到大家認眞地點頭聽我說，讓我很受寵。

有一對年老的夫婦，其中的太太問我：「我對綠能感興趣，卻不知應該怎麼做才好？」

現在有種叫作「綠能基金」的東西，在付電費時需要再多付一筆綠能電費。因爲目前自家的電力，也就是核電廠電力和火力及自然電力產生的綠能源，只能由相同的傳輸電線來傳送，無法只選擇使用綠能。多付的那筆費用，等於是支付給生產綠能所需的設施費用。

若想百分之百使用綠能，就得使用太陽能發電板或風力，或是利用農用水道的水流來做水力發電，無論哪一個都需要蓄電設備。但這些發電方法如果能更加普及，就能實現電力自給自足。

但由於電氣事業法的規範，造成現在處於無法擴大使用自然能源的狀態。依電氣事業法的規定，即使是鄰居家的屋頂產生的電力也無法使用，因爲輸電管線只有一條，必須再舖設另一條輸電網，才能不必經過電力公司來傳送電力。這眞的讓人匪夷所思，明明已經有了一家五口生活所需電力的發電技術，卻不能利用。在歐洲已有單純使用綠能發電的電力公司，但人民仍可以自由選擇電力公司。但在日本，電力和傳送的電線還不能選擇，依然是大企業一家獨占的狀況，眞是詭異。

無論怎麼說，我們自己也耗用太多電了。自動販賣機，過多的空調，深夜依然燈火通明的辦公室大樓。與此相較，一般家庭卻財政緊縮。無論是電力、瓦斯或水，大家都已經漸漸有節約的概念。我們沒有餘裕再揮霍，因此希望公共場所和企業能多思考這些事。

就像提問的太太一樣，其實大家都很關心，只是大多數人不知道該怎麼做才好。面對即將來臨的寒冷冬天，如果有人正考慮添購暖爐，我在此推薦新潟一家製造木顆粒暖爐（pellet stove）的「再開產業」，他們製造的暖爐效率堪稱世界第一！

以地產地消爲目標的「再開產業」，利用當地角田山砍伐剩下的木材製作成木顆粒燃料材。使用這種暖爐，燈油的消耗量只有一半。燃料源的木顆粒燃料是森林的天然木，也就是間伐和除伐※時被埋在森林裡的樹木。燃燒時產生的二氧化碳在原料樹木生長的過程中會被吸取，相對的並不會增加大氣中的二氧化碳量。換句話說，有減碳的作用。這不就是個人能做到的最好的方式嗎！

此外，使用這種木顆粒暖爐也能爲整備森林（包含植林）的資金盡一份力。日本的山林有很多樹木，但保水力減少、無人管轄的荒山愈來愈多。整備森林本身也是意義深遠的一件事。

晚秋太陽西斜時刻，我邊聽著巴哈的ＣＤ從東京返回葉山，行駛在兩側盡是紅葉的道路上。只有最平凡的一句話足以形容，眞的好美好美。

在自己能夠做的範圍內，發現可讓生活豐富的事，並且身體力行，是我現在生活的原動力。

二〇〇八年十二月

※譯註：間伐和除伐都是爲了保護森林、預防火災所做的必要砍樹措施。

小錦

舔了好久的身體後，終於吐了一口長長的氣，一臉「你在啊？」的表情望著我，然後爬上我的肚子邊。「喂，很重耶！」即使我這麼說，牠也完全不在意。在不算大的空間裡，縮成一團，正打算沉入夢鄉。

這隻被我叫作小錦的貓在三前年來到我家。在牠來之前的兩年前，也有一隻貓占據了我家。

就在我養的狗死去時，有隻貓小心翼翼地潛入我家。灰色的身體，金色的眼睛。聽說是被遺棄的家貓，因爲飼主搬家就把牠丟了。像這樣的消息在鄉下地區很快就會傳遍，而失去住處的貓，通常都會知道哪一戶人家還有空間。

有不少貓來來去去，結果只有這隻灰色的貓獲得在我家吃飯的權利。雖然每天都會來報到，但還是一點都不親人。豈止如此，還常常不高興，甚至豎起毛一副生氣的模樣。但心情好的時候，牠會跑進我爲牠買的便宜的貓咪專用小床裡，安心地午睡。

不親人也沒有關係，我每天還是會跟牠說：「對人不必有這麼大的警戒心吧。」冬去夏來，貓還是一樣不親人，卻成爲我們家的一份子，在院子裡生活。有一天貓突然開始出現異狀，毛的光澤漸漸消失，明顯呈現不符合外表年齡的模樣。耳邊附近的毛也變得稀疏，或許是得了什麼皮膚病吧。

當時，我曾看過患了嚴重皮膚病的狸，或許是被狸傳染了吧。現在回想起來，應該早點在飼料裡加藥餵牠吃才是。生病的貓眼看愈來愈虛弱，好幾天不見蹤影後，冬季的某一天突然搖搖晃晃地走回來。

「你怎麼了？小米！」這是我替貓取的名字。小米用一種「我不行了」的眼神望著我，然後進到只睡過幾次的貓專用的小床，縮成一團。

臉上的皮膚變得像岩石一樣硬，甚至連眼睛都閉不起來。

那是個寒冷的冬日，我用紙箱蓋在貓睡的小床上，再用毛巾包起來，把它移到面對院子的屋子走廊下。不知是否因爲痛苦，牠用微弱的聲音喵喵地叫著，我只能不斷地撫摸著牠的身體。

這是我第一次也是最後一次摸牠。即使不親人，「能回家的地方也只有這裡吧。」我對著小米說。

隔天早上牠還有呼吸，我用棉花沾水濡濕牠的嘴邊。我必須出門工作，「在我回來之前加油喔！」我對牠說。「我已經沒有力氣加油了。」牠似乎這麼回答，發出深深的喘息之後，靜靜地嚥下了最後一口氣。「死了！」小狗走時也是這樣，我在心裡吶喊著。

當我的悲傷終於快要痊癒時，院子裡又來了一隻不知名的貓。

我家對街有一位超級愛貓的太太，無論是家貓還是野貓，這附近的貓，她全都瞭若指掌，甚至如數家珍。

我曾聽母親說過，以前我家隔壁的對面停車場長滿雜草無人聞問，她剛好目睹有人貪圖方便撒了除草劑，便非常生氣地說：「如果貓生病了怎麼辦？」並當場阻止了那個人。她這番「雞婆」不只是對貓，對早晚牽狗散步的狗狗和人來說，也眞的令人感謝。

話題回到現在爬上我肚子的貓。牠其實是死去的小米的孩子。當然，我不是因爲知道這件事才把牠帶回家的。

牠是來去我家院子眾多貓咪中的一隻，身體呈灰色，前腳和尾巴混雜了斑紋，右邊的耳朵前端被剪了一小塊。

有一天母親說：「有一隻灰貓常來我們家，據說牠是死去的小米的孩子。小米在那位愛貓的太太家後院生了小貓，於是那位太太把小貓帶到醫院結紮，所以耳朵才缺了一角，爲了做記號。」

小米什麼時候生了小貓啊……我聽了這番話，腦海浮現一句話，「貓不可貌相啊。」

狗或貓這些和人類有著長久關係的動物，就像人和人之間有個性合不合的問題，人和動物之間或許也有所謂的合不合吧。不知不覺中，這隻小貓比其他的貓更親近我。剛開始我給牠飼料，牠也只是聞一聞，完全不吃，最近變得願意吃了。

常有人把喜歡動物的人分成愛狗人還是愛貓人，我對於自己跑來我家的狗和貓一概來者不拒，全交給緣分。這是我的作法。

不知不覺中，小米的第二代變成我的家貓。或許死去的小米把「那戶人家不錯喔！」的資訊輸入基因裡了吧。

我將之取名爲「小錦」。母親一下小錦一下小米地亂叫。

小錦不是一開始就養在家裡，除了餵食之外，牠都在外面亂跑。即使如此，第一個冬天來臨時，我還是爲小錦做了小屋。颱風來時，我在小屋外立起戶外遮陽傘，再蓋上一層淋浴簾，以膠布固定各處。結果遮陽傘被吹跑了，但小錦在颱風過境前都乖乖地待在小屋裡。

之後，我又做了新的小屋。說是小屋，但其實只是一個我用過的、四十五乘四十五公分的彩色箱子，內側有著溫暖的羊毛。寒冷的夜裡，我會把暖暖包放在裡面，外側用毛毯和防風用的浴簾蓋上，再立起防雨的戶外立傘。看到我這麼巨細靡遺地呵護，母親竟然羨慕起小錦。

我回她，「你都這麼說了，就讓牠住進家裡啊？」母親回道：「貓在外面亂跑，沾滿了汙泥的腳再進到家裡，我才不要呢。」我再回她：「在國外大家還不都穿著鞋在家裡走。」「這裡又不是國外。」雖然嘴上這麼說，其實追究到底，只是因爲她對小錦的情感沒有我深罷了。

以前養狗時，當狗狗還小，我把牠託給母親照顧，去了非洲好長一段時間回家後，發現狗狗散完步回到家第一個反應就是衝到浴室，我大吃一驚。去外面回家就要先洗腳，是母親教會小狗的第一件事。她其實不討厭狗和貓，只是有點神經質。

但貓不可能每次一回家就要牠洗腳。不洗又有什麼關係呢，牠的腳掌這麼小。

也因此，我工作結束回到家後，還時常半夜走到院子裡，邊抱小錦邊賞月，這樣的日子持續了很長一段時間。

有一次，我試著打開面對院子走廊的玻璃門。不久後再去看，小錦果然爬了上來，坐在墊子上舔著身體。看到這一幕的母親大叫著：「啊！不能進來啊！」小錦以飛快的速度跑走。

去年夏天，我們家換了新的紗窗。以前是白色的，這次換成黑色。因爲店家推薦「黑色的從家裡往外看風景比較美喔！」確實是如此。母親也心情愉悅，「換了新的紗窗眞是清爽啊。」當天夜裡我們圍桌吃著晚餐時，外面突然傳來咔噠咔噠的聲音，竟然是小錦爬上了紗窗。全新的紗窗也因爲貓爪而變成波浪狀。啊啊！

過了三、四天後，紗窗已經變得破破爛爛。

我的房間還沒換上新紗窗也一樣被小錦攀爬，但紗窗卻沒破，只留下爪子的痕跡。「果然黑色的新紗窗完全不行啊，雖然好看，但一點都不堅固耐用。」

現在小錦依然會爬上貼滿膠帶補強的殘破紗窗，只要一聽到爬紗窗的聲音，我就會生氣大喊，「不行！不可以這樣！」小錦知道我生牠的氣，會當場把眼睛閉起來把耳朵壓住，縮成一團。牠聽得懂！

現在牠被允許進入我的房間，但依然禁止進入客廳。

雖然我沒有和貓同住的經驗，但光是觀察這隻貓，我就知道每一隻貓的個性都截然不同。再來就是讀了保坂和志的書，學習到一些和貓的相處之道。

被允許進入我房間的小錦，在遠紅光暖爐前安穩地打著盹，但到了晚上十點還是會外出。我沒有專爲貓設計進出的小門，只好每天特地幫牠開門。牠把臉伸出開了十五公分的玻璃門，望著外面一會兒。「要出去嗎？不出去？好冷喔，快決定喔！」我這麼說，牠又回到屋內。「什麼嘛～」在舔了一會兒身體後，又跑到門邊。

貓晚上到底去了哪裡？如果能在貓身上裝GPS追蹤器就好了。據說貓的狩獵範圍是以家爲中心的方圓五百公尺，這個範圍還眞廣。某個地方應該存在著貓的聚集處吧。去探視有什麼樣的貓出現在自己的狩獵範圍裡，據說是貓的本性。

明明和人親近地一起生活，卻活在和人類完全不一樣的世界，想想覺得還滿有趣的。

大城市的人口過密，土地太少，廁所也過密，貓和附近的貓所處的環境，以及貓之間打交道的習慣也變成一樁苦差事。想到此，至少這附近的貓是幸福的。

早上我到院子裡晾衣服時，偷窺了小錦的貓小屋，不在裡面。「外出了啊……」

當我專心晾衣服時，牠卻又不知從哪裡突然出現，躺在地上翻出了肚子，臉上一副「跟我玩嘛」的表情。「好吧！」我追著牠，牠以飛快的速度爬上柿子樹，往下一躍後又飛快地跳進鄰居家的院子，又迴轉回來跳上櫻花樹，像蟬一樣停在樹幹中間，一動不動地望著我。其動作之敏捷，和媽媽小米不相上下。知道我不跟牠玩了，牠就緩緩地爬下來，又開始舔身體。

我把早飯竹筴魚的半邊魚肉撥下來給牠，牠前腳併攏乖乖地坐著，並且豎著耳朵等我。

我不在家時，父母雖然會幫忙餵食，但完全沒有觸碰的肌膚之親，所以牠是「我的貓」。但其實也不是我的貓，小錦就是小錦。

夏天來臨前得再換新的紗窗才行。蚊子一年比一年愈來愈早出現，秋天過後依然飛來。不完全把貓養在家裡，和我一樣任貓自由進出家裡的人家是怎麼生活的呢？也都安裝了那種貓能自由進出的專門出入口嗎？

貓咪有時喵喵叫，有時咪咪叫，有時嗚嗚低鳴。這些雖然都是貓語，但聲音裡直接聽得到貓的要求，我覺得很好。

在氾濫的語言洪流中，對語言的信賴感變得愈來愈稀薄。但也有少數語言傳達出了心意，不論是聲音還是寫下來的字詞。我將這些看成生命的連繫，生活在當中。幸運的是身爲音樂家，比起語言，聲音和表現就是全部，在工作場合中，語言只是輔助的工具。

小錦獨占了我房間僅有的遠紅光暖爐，看到牠舒服地伸長四肢睡覺的模樣，雖然想著「我想用那個暖爐」，還是輸給了牠的睡臉，只好拿出便宜的贈品小暖爐放在腳邊開始工作。

說我太寵牠了，我也只能微笑點頭。沒錯，我太寵牠了。對於自己一廂情願的通融，也算是生活中的好事吧。我是這麼認爲的。

二〇〇九年三月

前往御藏島

收到昭和三十九年（民國一九六四年）左右拍攝的一張照片，地點是御藏島，在彼岸中日※完成祭拜祖先的準備後，女性於島上唯一的墓園前休息的照片。「想請您去這個地方拜訪。」節目的製作人對我說。「去掃墓啊……」我在心裡暗忖，心情有點沉重無法立即允諾對方。

這是NHK的節目〈原來日本如此美好〉的邀約。我喜歡探訪不知名的地方，在那些地方肯定能看到不曾見過的風景和不曾有的邂逅，這喚醒了我沉睡已久的細胞。

平常即使行程表空白，遇到不想接的工作我還是會婉拒。被問到不想接的理由時，我通常也只能模糊地說出「就是沒心情接」，但這模糊的感覺其實很重要。明明都來見面開了會，我依然心情沉重，到底是爲什麼呢？我盯著這一張照片思緒百轉

※譯註：春分及秋分爲中日，中日前後三天的共七天，會舉行祭拜祖先及法事、修行等，也稱彼岸會。

千迴。

後來在旅途中，我才明白我是多麼地杞人憂天。

御藏島隸屬東京都，位於都心南邊兩百公里處黑潮流經的中點，周圍只有十六公里的小島。搭上夜晚十點二十分出發的東海汽船，在黑暗的大海中馳騁。

這是我自高中時期去大島後，再度搭乘東海汽船。在海風吹拂下，從甲板上眺望著岸邊的夜光洪，曾幾何時已變成了這幅景致。我眺望著這個感到陌生的國家。

至今為止我搭乘過大型客船、遊覽船等各式各樣的船隻，這艘地區性的船還真是舒適。工作人員為我準備了一等船艙，船艙裡的電視幾乎無法觀看，沒事做的我，把房間裡全部的燈都熄掉，像兒時搭乘電車時總要站在最前頭，望著前方的風景，把鼻子貼在對著船舵的窗子上，探尋著航海的標記。一股離陸地愈來愈遠的不安襲來，胸口揪結著，這是搭飛機從沒有過的情形。我肯定是畏懼海洋的。

過了早上五點，船抵達三宅島，船艙傳來硫黃的味道，看得到山頂冒著煙。等待乘客下船後，開始駛向御藏島。

下了棧橋，看著尚未明亮的天空，白色的月亮照亮了天邊。嚴峻的海風吹來，潔淨清爽。島的周圍因黑潮海浪的蝕食，成爲世界少有海蝕崖包圍的岩崖。整座島幾乎沒有平地，都是陡峭坡道。

這趟旅行只有幾天，目的是調查掃墓的習俗和島民的歷史，只能待在兩百八十位島民居住的區域，無法再到別的地方探險。但讓我著迷的是，這座島被指定爲富士箱根伊豆國立公園的一部分，是罕見且珍貴的世界級自然寶庫。

雖然是座小島，卻被濃密的森林覆蓋，這片森林和日本其他地區不同的是，這裡完全沒有國有林。島的森林七成是村有林，剩下的三成是民有林。這裡同時也是巨樹之島，有日本第一大的錐栗樹，其樹幹圓周有一三・七九公尺。橫渡太平洋的海風吹撞從海面上竄起、標高八百五十一公尺的神山後，急遽上昇成爲雲，雲變成霧和雨，養育了這片森林。

御藏島雖是座小島，卻有著水量豐沛的河川。富含養分的河水流入大海，吸引了魚群，連海豚也聚集而來。這裡是賞海豚的知名景點，也喚來了熱血的觀光客。

走在御藏的森林裡，沉醉在其魅力當中，愉悅的心情讓我下定決心近期內要再度前來。

「妳運氣很好喔，船能在這麼平靜的大海中抵達，眞的很稀奇。」島上的婆婆這麼說。

「現在這裡每星期會有一班固定的船班，所以很多物資都能送過來了，眞的很感謝啊。」

在食物只能自給的時代，只有長男能擁有孩子，因爲村子裡無法養活超過一百位的居民。

御藏島原生的黃揚木，從江戶時代開始支撐著島民的生活。黃揚木可做成梳子或印鑑，現在則是做成將棋的棋子，或是算盤的珠子。我自己也使用黃揚木的梳子，很想再買回家，但遺憾的此地竟然沒有販賣。黃揚木需要長久的歲月才能長大，從種植到採伐約得花上百年。以前據說有生男孩要種植一千株樹苗，生女孩要種兩千株的習俗，但這八十年來已經沒有這樣的紀錄了。因此村公所爲了讓荒廢的黃揚木成爲再造林地，借助了志工的力量，開始重新植樹，目標是一百年要種三十萬株。

御藏島優質黃揚木做成的梳子，在江戶各地大受歡迎，每年有一、兩次會從山上採伐黃揚木，利用船運送到江戶的大盤商。再用換來的錢購買一年份的米和生活物資，以原船運回島上。貨物抵達後，會平均分配給全島的居民，這就是所謂的「扶持米」制度。

一位名為綠的村裡婆婆說：「即使海面不平靜，風大浪高，男子也要赤裸游到船上，把貨物運到岸邊，就算正值寒冬也一樣。女子則負責把這些貨物揹到家裡，要揹六十公斤重的物品。我們那個時代，嫁妝就是揹貨物的袋子，就是要你好好地勞動。」

婆婆邊笑邊拿出現在已經派不上用場的袋子給我看。

「住在御藏的人就是一家人，因此也會對自己的孩子說，如果到外地去，千萬不能丟御藏的臉，你的恥辱就是御藏的恥辱。」

放眼望去四周都是大海，難道沒辦法以漁業為生嗎？我好奇地問。

「這裡沒有大船。」

原來如此，這裡沒有出入船隻的港口，也沒有沙灘。但大家都吃什麼呢？

「鰹鳥。進到山裡捕捉滿滿一簍的鰹鳥，再用鹽醃漬保存後食用。放進雜炊裡一起吃。」

鰹鳥……我當然沒吃過。牠是島民的重要蛋白質來源。鰹鳥（在御藏島，大水薙鳥被稱爲鰹鳥）這種大型鳥乘著海上吹來的風，往大海飛去。

十月末到十一月左右準備離巢的小鳥，肉很嫩，脂肪多，是最佳的獵捕季節。如果天氣好，鰹鳥會往海洋飛去，因此得選海浪大的日子進行獵捕。爲了抓準小鳥飛出海前窩在鳥巢裡的兩、三小時的時間，清晨三點眾人就會在村外集合，一起進山裡捕捉。脂肪可當成食用油或燈油，厚濕的羽毛做成棉被，完全利用，一點都不浪費。

御藏島的婆婆全都很強壯，在這個都是坡道的島上生活，鍛練出令人驚嘆的腳力。在我上氣不接下氣喘著時，她們一個個超越我地快速往前。

我們預計拍攝綠婆婆日常的生活起居，因爲這個緣故，婆婆每天看到工作人員時總是說：「你們又來了啊？眞是受不了！我看到你們就煩，別再來了，眞的別再來煩我了。」

後來聽工作人員說，在我們滯留的期間，綠婆婆似乎患了便秘，直到大家離開後，馬上就恢復正常了。

御藏島上沒有高中，想繼續念書，就得離開島上到外地去。畢業當天，剛好有一個男孩要出島。學校的同學和老師、家人和父母兄弟、小朋友都聚集在棧橋上。

「要去上哪裡的高中？」我問。「櫪木縣的高中。」「不寂寞嗎？」「不寂寞啊。我會好好加油的！」他露出爽朗笑容地說著。大人拉著「加油！御藏島兒」的巨大橫布條，目送的孩子們則拿著紙膠帶。紙膠帶固定在棒子的前端，在強風的吹拂中，紙膠帶黏成一團。從八丈島開來的東海汽船正沿著蜿蜒的海岸駛近。海上波光瀲灩。

船發出警笛聲靠近棧橋。搭上船的御藏少年站在甲板上，想抓住老師伸出的長棒前端的紙膠帶團，但船搖晃得厲害，風也很強。

當快要抓住的瞬間，船已緩緩駛出，離開了岸邊。被撕成碎片的膠帶在海浪間飛舞，漸漸消失。別離的時刻來臨。

「別回來喔！」大家異口同聲地說。全體開朗地揮著手，只有一旁的我眼眶濕潤了起來。

每年每年都有年輕人像這樣到島外去，這風景或許沒有我想像的心酸。

原來御藏島屬於東京都，打開電視，放映的頻道和在東京看到的完全一樣。但御藏島除了優美豐富的大自然以外，什麼都沒有。在將抵達竹芝棧橋前，映在少年眼中的是灣岸的光之洪水。對少年來說，沒有什麼比這一刻還要興奮的吧。別說「不寂寞」了，想必應該是想更快離開島上吧。

三月二十日，祭拜祖先的日子。島民會聚集在一起，一起供奉御藏島死去的祖靈，是全年最重要的日子。島上只有一個公墓，就位於民家的最高處。島上的人將此祭祀祖先的地方稱爲墓所，小心翼翼地守護著。

這個地方的墓和平常我們看到的墓不同，從下往上看很像雛偶壇，利用從碎石海岸搬來的小圓石堆成整齊的石垣，這些全是經過海浪長年沖刷磨成圓形的小石頭。每個墓都小小的，一點都不起眼。插花的竹筒被埋在地底下，所有的花高度相同，排成整齊的一列。

我不知道應該怎麼形容，「我從來沒見過這麼可愛的墓園！」

走在村子裡，住家和住家之間的間隙及窄小的平地種滿了農作物，一點空間都不浪費。綠婆婆說要去看農作物，我也跟了去。「雖然只有這些小小的耕地，我們還是堅持不放棄種花。現在只要喜歡的花，都可以用船運過來。以前爲了祭拜祖先，花可從來不曾少過。」

綠婆婆走向墓地，將從田裡剪下來的水仙花束，和從海洋的彼端運來的花，一起插在祖先的墓前。

「買的花雖然也很漂亮，但還是想插上自己親手種的花。」

御藏島在廢佛毀釋（明治初期排斥釋迦教誨的佛教，毀掉佛像的運動）的時代轉變成信仰神道。島上只要有人過世，隔天就會被冠上神名，被當作神。會收到兩片等同佛教牌位意含的「御靈屋」，在過世的百天內都會納奉在家裡的「御靈屋」（像佛壇的東西）。過了百日後，其中的一片會納入祖靈社（祭祀島上所有死去的人的神社）。納奉後過了五十年會執行最後的法事，再和更早以前死去的祖先存放在一起。

在祭祖的時候，前一天會將先祖的靈先迎回家裡的「御靈屋」，之後再拿插著花和水的壺到棧橋，把花投入海裡，水也倒入海裡，雙手合十。

祖先是存在於墓裡、家裡和海裡的神明。

祭祖的當天剛好是刮著強風的雨天。我再次跟著婆婆去到墓所。我是來工作的，因此不得不在攝影機前聽她說話。看到在風雨交加中撐著傘幾乎要被吹跑的我，婆婆丟下一句話：「我說你啊，在這座島上雨傘是派不上用場的。」

來墓所參拜的島上居民，除了自家的墓之外，也會一個一個地到親戚或是受過照顧的故人墓前澆水合十行禮。

「這裡沒有一個人是不認識的，全都是曾受過照顧的人。」

我家墓園的隔壁是什麼樣的人，我完全不知道，雖然掃墓時會把隔壁的落葉也一起清掃乾淨，但不會合掌拜拜。不過仔細想想，墓園會緊鄰一起，想必也是一種緣分，或許鄰居和我家族的遠親有什麼連繫，說不定曾經受過關照呢。

站在御藏島的墓所，自然地就能感受到自己的生命與祖先緊密連繫著。

在下坡的途中遇到一位正在割明日葉的婆婆。

「哇，這些明日葉長得真茂盛！」看到如此吃驚的我，她對我說。

「要帶一些回去嗎？」

「可以嗎？」

「當然可以啊，反正多的是。今天摘了明天又會長出新芽，生長力旺盛得很，這就是明日葉。」

我用報紙包起來帶回家。和東京市場賣的明日葉比起來，香氣實在太濃了，我連著好幾天都吃帶回來的明日葉。

在黑潮當中被強風和海浪包圍下生活的居民。全部的島民就像住在一個屋簷下的大家族，生活有著緊密的連繫。他們畫出山神的領域，山裡有著超過五百株的巨樹，居民持續守護著神聖的森林。

所有的一切都不得不全員一起分享的時代所培養出的牽絆和智慧，或許並未全部傳承下去。從外地嫁過來的人，已不再使用過去的揹袋了。

即使如此，站在村裡鳥瞰海面的高台上，身體裡還是充滿了正氣。海風將身體裡的邪氣吹走，森林則給予了英氣。這個島可說是日本島國的縮影。

在離開島上的早上，海面因爲低氣壓的影響，波濤洶湧。看著橫向吹打的雨，心想「回不去了吧」，但當船接近出發的時刻，厚實的烏雲漸漸散去。我們揹著行李往棧橋移動。我在等候室裡看著電視機的大螢幕傳來自己唱的廣告歌曲。

一般都市有的東西，這個島上都沒有，電視成爲傳遞外界事物的窗口。但這個窗口光打開就讓人看飽了。我們的生活並不是由物質所支撐，這種理所當然的事，很多人卻毫無意識。在人際關係愈來愈稀薄的現代，如果煩惱著此事，來島上一趟就對了。御藏島就是這種能讓人解開迷惑的地方。

二〇〇九年六月

陪伴雙親

看著行動電話裡的通訊錄，有某個人的名字，但此人在幾個月前突然過世了。對方每年都會寄賀年卡給我，在他死去前不久，我和他在他的演唱會後台休息室見了面。對方正處於事業巔峰，二十年前我們常一起在西麻布喝酒，他多年來一點都沒變，總是給人年輕充滿活力的印象。

沒有特別的宿疾且健健康康的人突然就走了，宛如被神隱了一般。想到那個人再也回不來了，令我胸口揪結難耐，幾乎快喘不過氣。

即便是不相關的他人，只要在自己的生命中有過交集，縱然很長的時間沒見面，彼此依然有著隱隱的連繫。這些生命當中有過交集的每個人都在背後支撐著我，也是我這個人在大地紮根的證明。

每當有人去世，就再次提醒了我這件事。

如果不是遇見那個人，也不會認識那個誰和這個誰。成長，工作，建立自己的家庭，這一路的人生路途中邂逅的所有人，互相交織展開了新的人生網絡。

人不管走到哪裡，都會和他人緊緊相連，而從自己攀爬的山腰往前眺望遙遠的山頂，卻只能見到霧靄的景色。

就像愈接近山頂人口密度就跟著大幅減少般，從某個年齡開始，新的邂逅也會愈來愈少。或許這和自己對現況的滿足度呈正比，也和體力及好奇心的減少有關。取而代之的是和已經相遇的有緣人建立了更深厚的關係。

獃望著行動電話通訊錄裡那個人的名字好一會兒後，我闔上了電話。暗忖著，有一天突然撥這個電話，是否會通往天國呢？

前幾天，千住明※送了我他母親千住文子的著作《千住家的血脈故事》。除了和明交情深遠，我和他的妹妹小提琴家眞理子也相識已久。這本書是他們的母親千住文子在八十歲高齡面臨心臟手術的重大抉擇，熬過生死關頭的家族故事。

千住家在二〇〇〇年時經歷了父親過世，奇妙的是父親和母親罹患了相同的心臟疾病。

父親病倒時，當時家人在毫不懷疑下，聽信了醫師的話：「病人已接近高齡，不建議動手術。」一般人家從沒想過自己也能質疑專業醫說的話，但即便如此，臥病在床的父親仍低調地試探詢問了好幾次：「難道不能動手術嗎？」

雖然有些外科醫生在面臨手術成功機率渺小的狀況下，依然不放棄希望，但手術終究還是沒能進行，徒留絕望和感慨給家人。

而這次換母親病倒了。因爲失去父親的「懊悔」產生出的勇氣，在背後推了三兄妹一把。

「今天朋友又對我說：『你因爲父親的手術被婉拒，總覺得是自己害死了父親。這次絕對不能再重蹈覆轍了！』」急忙趕到醫院的明這麼對母親說。

眞理子也說：「現在我和大哥還有明，都和當時不一樣了。或許母親並不願意，但我現在能夠理直氣壯地把母親的性命交付給手術台了。」

「當時我們沒有勇氣把父親的性命交給手術，在死亡確實一步步接近的巨大陰影下，也沒有勇氣祈願可以度過難關。無法動手術的先入爲主聲音占據了我們的念頭，我們只能聽從。『賭上性命拯救』這件事令人恐懼得不知所措，甚至讓人有手術

※編註：千住明，日本作曲家、音樂製作人，也是鋼琴家。作品涵蓋古典與現代音樂領域。

就等於死亡的錯覺。」

眞理子想起，在父親死去不久後看到某個電視節目，介紹了一位幾乎可稱爲上帝之手、醫術高明的心臟科專門醫生。

「如果能遇見這位醫生，父親肯定能得救……」當時她很懊悔，將此節目內容記了下來。這次，她花了一個晚上尋找當時的日記本，終於找到了醫生的名字，接著打電話到醫院。

「病人已經八十歲了，但還是希望您爲她動手術。」當時母親只是默然不語。

「我已經八十歲了，從旁人的角度來看，是放棄治療也不可惜的『後期高齡者』。曾幾何時，我被如此分類了。（略）我先生被放棄治療的時候大約七十五歲左右，已經被排除在値得救助的分類之外。可憐啊，以我先生當時的年紀明明還能全心工作，而且是個將畢生精力都奉獻給他人的人啊。」

對於突然來電求助的眞理子，南淵醫生只回答：「請立即帶她來醫院。」

明的母親的手術很成功，前幾天我見到剛探望完母親的他開心地說：「我母親復原的狀況很好。」

但他的笑容中也隱約帶著「眞的是撿回了一條命啊」的陰影。

不論是誰，都不想去思考自己身邊人的死亡，但沒有人能回避這件事。

我和八十八歲、八十五歲的雙親一起生活，若要以一句話形容，眞的是每天「都過得很辛苦」。我以爲老化是以一種平緩的拋物線朝向死亡而去，但事實上似乎不是這麼一回事。

過了八十歲，身體的各個部位開始急遽變調。換句話說，身體突然不再像以前一樣運作了。父親從以前就是個自我的人，沒有什麼大問題，但母親對於衰老帶來的心理壓力卻常成爲幾乎把我擊沉的海嘯。

「太奇怪了、太奇怪了，不可能啊！」母親特地到鄰近的所有醫院做了檢查，每一家的檢查結果都顯示沒有異狀。「但我一走路就頭暈，我的腦袋裡肯定長了什麼東西。」母親說。結果只好又照了腦部斷層掃瞄。

我和母親一起去看了片子，醫生說：「沒有發現什麼不好的地方，眞要說有的話，大腦有一些萎縮。但以您現在的年紀來看，沒有必要擔心。」「可是我一走路就頭暈。」母親再次強調。醫生回答：「那是因爲肌肉衰弱沒有力量支撐的關係，建議可以每天外出散步。」

確實，母親的手腳變得嚇人的細，也沒有任何肌肉。我問母親：「你沒有非常想做的事嗎？像是今後想做什麼，或是想嘗試做什麼事之類的？」

「就算我想做些什麼，沒有體力什麼也做不成吧。」她說。

「你先別擔心身體的狀況，應該先拿出意志力吧。如果你打定主意要趁有生之年做你想做的事，肌肉也會跟著長出來吧。」

「你還年輕，不懂身體無法按照自己的想法活動的痛苦。」

我們的對話總是在此陷入死胡同。對沒有生病的人來說，重要的是擁有生活下去的想像和意念，我時常舉熊冬眠的例子給母親聽。

「熊在冬眠時也沒有鍛練肌肉啊，但是一睡醒就能立刻去獵食。這就是所謂的生命力啊。」

我認爲人幾乎是以「意志力」站立的，失去了意志力，甚至連站都站不起來了。每當看到打棒球的高中男生在甲子園熱烈交戰結束，輸球的霎那間膝蓋一軟脆坐在地上的樣子，我就再次確認自己的想法。

即使周圍的人都認爲當事人最好能做自己喜歡的事度過有限的餘生，但喜歡的事不是輕易就能找到的。

母親在八十歲之前學過日本畫，也參加過地區的合唱團，甚至學習下圍棋，每天都過得充實忙碌。但這些技藝終究不能滿足她內心的需求。在學習的過程中母親或許也發現了新的自己，但對她來說這些似乎都只是爲了打發時間罷了。

然而每當我生病時，母親就突然變得精神百倍，雖然並不常發生，但也讓我思考，或許被人需要和依賴才是一劑特效藥吧。

每天晚上在同一時間，我總會聽到茶水間的抽屜被打開的聲音，母親的藥就放在裡面。

「你每天都吃些什麼啊？」我問。

「安眠劑和降血壓藥。」

「沒必要吃這些吧？」

「但是醫生說降血壓藥不能突然停掉。」

「當身體的血壓上升時，就這樣吃藥控制，好嗎？」

「血壓變高造成腦血管破裂不是更糟嗎？」

「那是血管的問題，不是血壓的問題吧？如果眞像你說的，那投手和擲鉛球的選手呢？在哇　投出球的瞬間，血管不就破裂了嗎？」

「這麼說是沒錯啦，但他們還年輕，所以不會破裂吧。」

如果我沒有決定要和父母一起居住，現在他們兩個人會過什麼樣的生活呢？

我細數從我回老家後發生過的幾次大事件……或許有一方已經不在了吧。

不能不顧老邁的父母親。我是這麼想的，所以才決定搬回家。這是爲了我自己，因爲不想事後留下遺憾。

住在遠處的哥哥有時會撥電話給我，詢問父母親的狀況。

「眞對不起你，讓你一個人照顧父母，如果有什麼狀況，由我來看護他們。」

我聽了很生氣，「看護？沒有那個必要。」

「是眞的很辛苦啊，你還有工作耶。」

老年人＝看護。這是社會一般的認知嗎？爲什麼大家都這麼認爲呢？因爲衰老，所以身爲人的自尊也變得特別脆弱敏感，爲什麼大家不能理解這一點呢？

膝蓋不好的父親有用拐杖，因爲討厭讓人攙扶。母親忘記我說過的話時，會生氣地說「我才沒聽過這回事呢！」，在鏡台前一個人流淚。

「去散步了嗎？」

「今天走滿遠的。只要去散步就會遇見每天散步的狗狗，每次跟牠打招呼，狗狗都很開心。看到貓我也會和貓說說話，果然散步能讓人恢復精神。」

比起女兒不中聽的刺耳話，動物肯定更能讓人自然放鬆心情。不論是什麼動物，都不會以後期高齡者的眼光來看待母親。

每天血壓飆高比母親嚴重時，我會走到院子裡深呼吸。

抬頭一看，發現櫻花樹的葉子開始飄落，院子堆積了厚厚的落葉。經過一晚幾乎就掉的樹枝上，殘存的幾片葉子還緊抓著細稍的分枝，枯葉被風吹得轉啊轉。

總有一天會凋落，在此之前就好好地守護吧。

二〇〇九年九月

失蹤的貓

記得小時候，家裡客廳桌上放著母親編織的蕾絲小墊。也有更大片的蕾絲桌墊，是小片的墊子拼湊而成的，要做好一大片不知要花多少時間，應該是利用家事的空檔編織的吧。

但在我印象中卻沒有母親編織的記憶，或許是在我們去上學的寧靜時光，邊聽著喜愛的聖桑的唱片，一個人默默地動著手指編織吧。

母親也會把舊毛衣的毛線拆了，然後把洗好的毛線掛在晾衣竿上，捲成一圈圈紅或綠的圓圈。太陽底下隨著風搖曳的光景，讓我記憶猶新。

夏天時，母親喀噠喀噠踩著裁縫機，做出一套套洋裝式的母女裝。

小學時的秋天，坐著眺望被拆掉的毛線在編織機上發出簌簌聲，在母親的手腕左右反覆移動之下，一件新的毛衣完成了。

母親的世代是勤勉勞動的年代，我最近時常想起那個認爲勞動是理所當然的昭和三〇年代。與其說是懷念，不如說是令人愛憐的時代。

我房間前方櫃子上排滿了超過上千張的黑膠唱片，今後該如何處置呢？加上成堆的ＣＤ、書與ＤＶＤ遊戲，以前工作的資料也堆得像座山，成疊的契約書，龐大的版稅計算表等等文件。

東西不斷地增加，即使打開窗戶，通風也變得愈來愈糟。

最近到東京工作空檔時間，我到書店裡拿起的書盡是些「小蕾絲編織的雜貨」、「勾針編織的蕾絲圖案小塾」等。並不是因爲編織讓我感到溫暖，或是想效法母親的時代，而是我原本就喜歡這樣的東西。

在掛著舊衣服的衣櫃深處，十字繡做的抱枕套和有著刺繡的布，大量地沉睡在籐製籠子裡。

現在回過頭看，這些東西已不再迷人，變成沒有用途的物品，被閒置一旁。

從書店買回的蕾絲編織的書，或許正說明了現在的我並沒有閒餘的時間。

在忙碌的日子裡，每天偷閒鬆口氣的時間都給了小貓小錦。把牠抱在膝上，互望的那些時間。

爲什麼一直凝視著我呢？還是只是臉看起來像在注視著我，但其實是睡著了？

或是注視著視線前方的什麼東西呢？牠是隻不黏人的貓。

原本是野貓的牠，後來變成院子裡的貓，懾手懾腳地慢慢進到家裡，最後才變成我的家貓。但會抱貓的也只有我，父母親雖然不怕動物，但很不習慣和動物一起生活。在我外出的時候，他們雖然也會幫忙餵貓，但只會叫牠，就像以前養的狗，並不主動抱牠或撫摸牠。因而我對貓的愛也包含了父母對貓的那一份愛。

爲了記住歌詞，我坐在椅子上哼著歌。睡在沙發上的小錦抬起頭豎起耳朵，閉著眼睛以不可思議的表情聽我唱歌。

「怎麼啦？」我問牠，牠回了我一聲喵。

夜晚在外散步回到家的小錦，從棉被的腳邊偷偷跑上來，舔了一下我的臉後，喉嚨處發出咕噥咕噥的聲音，前腳交互緩慢移動，像在替我按摩似地按揉著我。「謝謝你喔。」我對牠說，邊撫摸著牠柔軟溫暖的背，和牠一起漸漸沉入睡夢中。

這隻貓已消失了一個月。

消失的那一天，當我正要出外工作時，牠像平常一樣捲成一團睡在沙發上。晚上回到家時母親跟我說：「小錦今天出去後就沒有回來了。」

以前也曾有過兩、三天沒回家的情況，但這次已經過了一個星期……

休假的日子，不論白天夜晚，我都走到院子裡，喚著「小錦」，卻沒有小錦的蹤跡。我知道牠不在這附近了。

究竟跑到哪裡去了呢？一股被拋棄的悲傷襲來，我要自己不能哭，在靜謐的夜裡，簡直無法呼吸。

我和對街喜歡貓的太太說了小錦失蹤的事，她幫我問了保健所，也尋問了有貓聚集的人家，爲我四處奔走尋貓，卻還是沒有任何消息。

即使有任何消息，就是因爲不想回來，所以才不回來吧。是因爲找到更膨鬆的毛毯或是比生柴魚片更好的東西了嗎？或是有回不來的原因嗎？

在工作結束的深夜，正想關掉電腦時，我突然想到或許有尋貓的網站，於是試著輸入了「貓的失蹤」開始檢索。有些貓失蹤有些貓被尋回，每一則消息都差不多，像迷霧般讓人悵然若失，束手無策。

在其中我看到了以下的文字。

……走了

走了，走了

就這麼走了……
我小的時候
貓咪失蹤了
我以爲就像消逝的星星一樣
白天星星仍然閃爍
只是因爲太陽光
才被遮住了
所以我們才看不見
到了夜晚
理所當然
就會回到我們頭上
和星星一樣
消失在黑夜裡的貓
也會若無其事
突然跑回來吧

但牠沒有回來
我如此摯愛
我的愛貓啊
輕柔到不留任何足跡
就從我的視野中
消失不見了

——內田善美〈宛如天空的顏色〉

一九八一年五月發行的漫畫雜誌《花束》裡頭〈宛如天空的顏色〉其中一節——

「剛剛才觸摸過的毛，宛如被異次元給吸走般『消失』。雖然令人聯想到死亡的訣別，但卻有著薄霧般的空虛，沒有眞實的悲傷感。就像觀看一場鮮明的魔法，只能張大嘴愣住。因而只留下一股惆悵，體認『啊，是眞的走了』的空虛感。」

確實如此。

在工作的空檔，待我回過神來，才發覺自己滿腦子想著貓。貓的身影不時占據了我的心神，任自己恍惚默然。

這種消失的方式，讓人有如被神隱的錯覺。

貓咪是否利用著貓專用的出入口，自由來去在只相信除了眼睛看得見和能以科學證明的事之外，其他一概不相信的狹隘社會，和漠然無以爲據的另一個世界的間隙之間呢？

在消失前的一個星期，幾乎連續幾天到清晨才回來，回來後則是一直沉睡。

當我躺在榻榻米上，小錦從走廊走過來。從低處眺望牠往這邊靠近的模樣，就像沒有棕毛的獅子。牠走路的樣子簡直和獅子一模一樣。

這隻小小的獅子在距離我一公尺處坐下來，打著哈欠，前腳併攏的坐姿果然也和獅子一樣。

在非洲，獅子家族（群聚）是由母獅和小獅組成的。每個家族有其地盤，強壯的公獅則爲好幾個家族之首。

每個家族裡出生的小獅，即使是公獅，在長到一定年齡前，會由整個家族一起守護養育。

我看到其中一個家族有好多的小獅，其中有一隻還年輕的公獅，前腳有個不淺的傷痕。這隻還沒有長出雄偉棕鬃的公獅一直無法跟上獅群的移動，我不知道牠受傷的原因，或許是被捲入狩獵戰場所留下的吧。即使受傷，牠還是拖著受傷的腳往前走。

這隻獅子拚命走上前，努力想縮短落後的距離，終於快跟上家族，想靠近母獅的時候，母獅竟然出聲威嚇牠。

年輕的公獅被驅逐出群體之外，彷彿對牠說了：「你身上帶著死亡的臭味，別跟過來。」

獅子群又開始移動，年輕的獅子把身體沉入草叢裡，拚命地舔著傷口，時而抬起頭望著遠去的家族。

小公獅只能目送著愈來愈遠的家人的身影。

幾天後，我看見年輕的公獅頭上有一群禿鷹盤旋著。

在非洲的現實生活中，動物在面臨生死關頭之時，即使倦戀，也只能不斷地回頭和死亡告別。

對野生動物來說，眼前的現實就是一切。當然牠們也從過去逃過死劫的智慧中學到經驗，但總有一天死仍然會到來。看著同伴在眼前死去，縱使恐懼死亡，也無法活下去。這些野生動物必須自己尋求生存下去的糧食。

或許有人認爲貓和獅子的祖先雖是同種卻是不同的生物，但我卻不這麼認爲。

內田百閒的《野貓啊》中出現的老師的太太，一聽到野貓威嚇著侵入院子裡的其他公貓時，立即跑到院子裡把入侵的貓趕走。我也做過一樣的事。雖然覺得這樣有點過度保護，但我就是討厭看到貓逞凶鬥狠的打架情景。即使我沒有這麼做，小錦也時常帶著傷痕回家，是一隻小傷痕不斷的貓咪。看來公貓之間有著不得不打鬥的天性。

小錦是隻會抓麻雀和小鳥回家的貓，雖然我不喜歡牠這樣。

這附近有很多住家出租，貓也隨時可以找到飼料塡飽肚子。

但很可能一不小心就染上了狸的皮膚病，就像小錦的母親一樣。也或許遇到了更凶狠的公貓，打架受傷而死去。

我想像著半夜下著的雨，濡濕了牠變冷的身體。要眞是如此，至少希望牠的身體躺在厚厚的落葉裡。

懷著有一天會回家的一絲希望，和我心裡預想的最糟的現實，兩者像多變的天氣，在我心中反覆拉扯著。

牠把家裡的紙門戳破、在拉門木框上磨著爪子時，每次我都會大罵「不行！」。看到這些殘破的痕跡，和失蹤比起來，都只是雞毛蒜皮的小事。

等過完年，就來換新的紙格子和拉門木框吧。

不管貓會不會回來。

二〇〇九年十二月

有庭院的生活

把院子裡老朽出現裂痕的竹籬換新。青綠色的四片竹籬讓院子煥然一新，呈現清爽翠綠的空氣感。也順便把小石水潭上滴漏水流的竹筒，以及連接院子的細枝竹門一併更新。

雖然天然材質的竹籬每隔幾年就必須更換，但我還是無法喜歡鋁製的圍籬。天然材質做成的籬笆即使老舊也依然有它的味道，不是天然材質的東西，時間一久，怎麼看都有一種微汙感。

因為這些是生活中每天都會看到的東西，總讓人不得不講究。每天看到早晨院子裡青綠的竹子和纏繞其上的黑色棕櫚繩，總讓我有種精神振奮的感覺。

上田篤※在《庭院與日本人》一書寫著：「給人能量的空間不是建築而是庭院，

※編註：日本的建築學者，也是建築家與都市企畫家。

也就是大自然。庭院裡的樹木、草、花、蟲、鳥、吹拂的風、灑落的陽光。這些都是自然，也是一休所謂的虛無。」

日本人的心和庭院相繫。正確來說，應該是我真實地感覺到自己的心和院子緊密相連。

天氣好的上午，我都會到院子裡做些什麼。即使只是拔除石苔間的雜草，或是看看豆莢和藤蔓生長的狀況，抑或除去侵占院子的白詰草。

我不知從哪裡聽說白詰草可以讓耕地變得肥沃，一直不明白為什麼，但當我拔著白詰草時，終於懂了。因為草的根部黏著一堆蚯蚓，原來是這堆蚯蚓在地底幫忙鬆土，這個發現讓我驚訝萬分。

當我在院子裡徘徊時，柿子樹枝頭上的麻雀也啾啾地飛過來。我在柿子樹下放置了小鳥的飼料碟子和用淺石子圍成的小水池。

我把前一天洗飯鍋時鍋子周圍黏著的米粒和麵包屑放在這裡。

我曾看過報導，大城市的麻雀減少了。但這附近卻一點也沒有這種感覺。

我小時候聽說過，即使把麻雀抓起來養，麻雀也會死去，因為麻雀的野性很強，絕對不會和人親近。我在孩提時代就知道這件事，否則還真想養麻雀。

從一年多前開始，我覺得麻雀很可愛。我時常在想要怎樣才能拉近和麻雀的距離。當我把飯粒放在飼料碟子上時，會模仿麻雀呼喚同伴時啾啾啾的聲音，並順道說著：「把葛籠帶來吧！」※

在客廳吃早飯時，越過玻璃窗，看到麻雀在柵欄上排成一整列，對著我催促著「早飯、早飯」。至今爲止我只能餵牠們吃飯，現在牠們竟然會跳到伸手可及的柿子樹枝頭上停下來。光這樣我就很開心了。

看著電車裡吊牌上的廣告，盡是一些抱怨和批評。我愈來愈無法忍受這些東西。大家都朝著相同的方向看，盡是些不負責任的空談。世人對辭任的總理都是「逃避責任」的斥責聲。這麼簡單就對人說出「逃避」這樣的詞，不好吧。

因爲對人的敬意盪然無存，才會變成現今的社會。好想看一些能讓人安心的詞語。打開報紙，不自覺被兒童的詩作吸引。

※譯註：日本童話故事《舌切雀》裡的橋段。

水母

今天沉入浴缸時
從屁股出現了水母
哥哥說「是屁啦」
讓我開懷大笑

新見祐宏
（廣島市．上安小學一年級）

屁水母。
水母雖然是水母，
但偶爾也會出現在浴缸裡，令人沒輒的水母。

長田弘
（《讀賣新聞》二〇一〇年三月七日）

雖然兒童的詩作不全是好作品，但我就是沒來由的喜歡這首詩。

吃完晚餐，洗完碗盤後，遇上天氣好時我會走到院子裡，望著天空慢慢流動的雲朵之間閃爍著點點的星光。白詰草和白天的樣子不同，花瓣縮成小片，莖直立不動，排成一整列。我對著夜空大大地將手伸展開來，挺長了背，感覺自己的氣就要往天頂衝上宇宙，非常神清氣爽。

去年秋天突然消失的貓小錦結果再也沒有回來。之後又有新面孔上門，其中一隻長得像喜馬拉雅貓，是隻長毛貓，臉長得像挪威森林般……我喚牠叫「小無辜」。

野貓大多是日本貓，這種外來種的貓很罕見。是否和小錦的母親一樣被棄養，還是逃出來不想回家？長毛貓的毛很容易結成毛球，我很想幫牠梳毛。牠每天都會來我家吃飯，有時也會跳上走廊蹲著，但還無法順利撫摸到牠。

每當我和其他野貓說話時，牠們大多會默默走掉，只有每次跟「小無辜」說話，牠都會回我「喵」。有時從房間往屋外看，會剛好看到牠從家裡的院子橫越隔壁家院子的身影。急忙跑到外面叫牠，「小無辜、小無辜！」牠會「喵」地回我，然後走回來。

打開在市場買的四罐一百七十五圓的罐頭，把飼料放入琺瑯碗裡。牠專心吃著。吃完後，把前腳放在栽種著姬水蓮的盆子上喝著水。喝完水後一言不發，頭也不回地又慢步離開，回到自己喜歡的地方。

人的四周其實有各種保持距離、不遠不近的動物，這是很理所當然的事。但在現代社會要共同生存，實非易事。

身為城市的居民，我時常會夢想要是有個小小的院子就好了，當我住在東京的公寓時也時常這麼希望。後來離開東京，終於有了自己的院子。不過我目前居住的鄰近地區房子愈蓋愈多，這些新的房子幾乎都沒有院子，把占地全都用來蓋住宅。

這種作法等於無視於建築基準法的規定，換句話說，根本沒有人遵守。有著美麗院子的住宅只要一被閒置，就被不動產公司買去，分成四等份，蓋成沒有院子的四間住宅，大大的房子裡塞滿了各種物品。

二十年前散步是很愉快的事，不但可以看到院子裡有垂櫻的住宅，或是一年四季都開著美麗花朵的庭院，不自覺想要學習屋主的生活方式。很遺憾的，這樣的住家已經消失殆盡。

啊，我又開始抱怨了。在說別人之前，先想想自己吧。

山下秀子的《斷捨離》一書，是一本究極的整理術。她是Clutter諮商師。

「Clutter」意爲過時或沒用的物品及道具。整理的意義在於篩選出自己需要的物品，主軸放在「自己和物品的關係」還有「現在」的時間軸上。換言之，就是試問自己每一件物品現在和自己的關聯，並進行取捨篩選的行動。

無法丟棄物品的人可分成三類，一是「現實逃避型」，生活忙碌，待在家裡的時間很少，沒有時間整理的人。「過去執著型」則是對於現在已經用不上的東西執著於過去記憶而無法丟棄的人，像是對相本或獎牌等過去的光榮和幸福的執著。「未來不安型」的人則是對未來感到不安、先投資購物或屯積物品的人，例如屯積過多的面紙等。

我的母親完全是屬於未來不安型，每次我要去買東西時，她一定會要我買面紙或衛生紙回來。雖說是未來不安型，但其實已經九十高齡了。我或許是「現實逃避型」。不過因爲很多東西都和工作有關，實在無法丟棄。當一件工作結束時，雖然我會把相關的東西丟掉，但有更多周邊的東西又陸續寄來，實在整理不完。

我也知道有些人因爲實行了斷捨離，生活有了很大的改變。東西堆積帶來的動脈硬化或便秘般的後果，會讓自己的思考變得混濁，此時確實需要痛快地斷捨離一番。

即使如此，我想最基本的要件還是有沒有空間可以擺放東西吧。在東京租公寓時，如果東西增加太多實在無法丟棄，我會刻意搬到沒有空間擺放多餘物品的房子。因爲換了空間，即使捨不得也非得把東西丟掉不可，對忙碌的人來說這或許是個好辦法。

我理想的生活是家中和屋外都沒有障礙，越過庭院就是大自然，充滿了鳥鳴蛙叫蟲聲、無可取代的生活。還有能辨別這些聲音的耳朵。

快接近黎明破曉時刻，尚昏暗的窗外，鳥兒正開始忙碌地吱吱叫。

明天要看看院子裡的草莓樹。嘗試種了兩株草莓樹苗，前幾天發現結了一顆紅色的果實。

「媽，只有一顆！」

這珍貴的一顆草莓，我和母親一人一半把它吃了。雖說是小小的收穫，卻充滿了太陽的滋味。

二〇一〇年六月

一起用餐的喜悅

黃昏時分，我飲著加了冰塊的白酒，是昨晚喝剩的白酒，忘了把它放到冰箱裡，酒變成了常溫。加冰塊溶化後，酒精濃度被稀釋得剛好。

雙親已屆高齡，所以在家都由我做晚餐。今天做了蔬菜湯，材料是附近農家的馬鈴薯和洋蔥，我把它存放在家裡北側的木箱裡。木箱呈百葉扇狀，通風良好。

做燉菜料理時，我會使用眞空燜燒鍋。將材料放入鍋子裡，先讓它沸騰，再放入保溫容器裡，一個小時後就自動煮熟，是非常便利的一種鍋子，不必花時間和瓦斯燉好幾個小時，不但可節省瓦斯，食材也不會煮到碎爛，而且還很入味。

蔬菜湯的主要材料有切成大塊的馬鈴薯和洋蔥、紅蘿蔔和蕪菁、高麗菜、西洋芹，再加上壓扁的大蒜和SOLLEONE番茄罐頭煮到沸騰，放入保溫容器前加上豬肉香腸、鹽和雞湯塊調味。

廚房用具不斷進化，許多舊的東西依然使用著，卻也不知不覺買了不少新的用具。像是不會燒焦的鍋子、短時間就能做好溫野菜的蒸籠、壓力鍋等等。

雖然我不討厭下廚，但每天做菜還是太辛苦。過去很長一段時間我都一個人生活，讓我常想起一個人可以隨意覓食的輕鬆自在感。當天可以想吃什麼就立即動手做，也可以約朋友一起用餐，度過快樂隨興的餐桌時光。

現在因爲每天被迫要做菜，每天下廚自然廚藝精進。炒牛蒡紅蘿蔔絲、羊栖菜、南瓜燉菜，都是餐桌上的家常菜，也自然變成我的拿手菜。

料理書光翻閱就讓人心情愉悅。在開始一個人生活後，我的料理書漸漸變多。其中最喜歡的是丸元淑生老師的簡單料理，也一道道試做了。我因而買了整套的唯他鍋（Vita Craft），也曾經使用過伊萊克斯（Electrolux）公司的冷凍冷藏庫。

丸元老師的料理書當中，我實際試做後最爲感動的是煲嫩魚（poached fish）。在知道丸元老師的煲嫩魚正確料理法之前，我每次去巴黎都會拿著旅遊書一間一間探訪有名的魚料理餐廳，還在巴黎找到了煲嫩魚的正確料理法——阿郎．大衛森（Alan Davidson）的《北大西洋的海鮮》料理書。

經研究後，魚的蛋白質以攝氏八十至九十度加熱時，因熱而產生的質變是讓魚的鮮美成分釋出的最佳狀態。丸元老師也說過，煲嫩魚是僅次於生魚片的最美味的吃魚方法。「Poach」的意思即是在攝氏八十至九十度的液體中加熱。

丸元老師的料理書裡註明了魚的種類及其厚度（最厚的地方）的不同，依此算出煲魚的時間表。例如比目魚和鰈魚、鯛魚等魚肉較緊實、厚度在一點四公分的魚，煲煮的時間爲兩分四十五秒。

在唯他鍋裡加入剛好淹過魚的水，用大火加熱，加兩小匙鹽和壓碎的黑胡椒、檸檬汁。沸騰後把魚放入鍋裡，再次煮沸後轉小火，依照正確的加熱時間煲煮後熄火，靜置數分鐘後取出。另外製作加了龍蒿和鹽的番茄醬汁，淋在魚上即可。

一個人生活時，我時常邊拿著計時器做這道煲嫩魚，我很喜歡這道料理，魚的甘甜會在嘴裡化開。即使現在我也贊同丸元老師所說，這是僅次於生魚片的最美味的魚料理。

現在我在家裡做的燉南瓜，作法也完全繼承了丸元老師的食譜，是道極純樸簡單的料理。將切成大小相等的南瓜皮朝下放在唯他鍋裡，加上五至六釐米深的酒，再淋上少許醬油。蓋上鍋蓋後，以中小火煮到竹籤能輕鬆穿刺過即完成。我不加糖，南瓜原有的甜味已經足夠。

當沒有時間下廚時，我有時也會買做好的現成菜餚，但外面的調味對我來說都太甜，實在吃不慣。燉菜要加兩大匙糖的食譜書，我也一定不買。

選擇季節食材或許對身體比較好，即使先不管健康問題，尤其根菜類，可以的話，我都盡量選擇有機食材。不知道是不是因爲土壤的關係，有機的明顯比較好吃。或者也可能是用眼睛好好觀察了，但有時甚至沒時間好好觀察，拿了就走。

雖然只有過一面之緣，當聽到丸元老師過世的消息，我感到很傷心。藉由飲食，我發現我的每一天都和丸元老師有著密切的連繫。後來，丸元老師和家人一起製作、持續食用的煲嫩魚料理由他的女兒喜惠繼承。丸元家的家常菜集結成《蔬菜和魚的營養佳餚》出版時，她寄了一本給我。

「大磯的廚房，大部分由父親負責魚料理，由母親負責蔬菜料理。我常想起父親和母親併肩站在廚房，邊看著窗外的綠樹愉快做菜的身影。到了晚餐時間，母親會把放在餐桌上的蠟燭點亮，再到院子裡摘幾片香草葉，和做好的料理一起盛放在喜歡的餐盤裡。當播放著音樂的餐桌準備好後，父親會打開葡萄酒栓，大家坐好一起開動。美味的食物和家人一起團聚的時刻，滿溢著幸福，眞希望時間永遠暫停。」

這是書上開頭的文章。我心想，重新審視家庭料理的時代來了，和店裡販賣的現成料理相比，家庭料理有著天壤之別的質感，是無法取代的。

因此，今天也由我下廚。當必須離家好幾天工作或無法回家做晚餐時，我也會每週找兩、三天到超市，邊思考著每天的菜色購買食材。

想到高齡的父母，想買魚讓他們自己烤或煮。冷凍的鰻魚或烏龍麵也很方便，也希望他們能吃點豆腐或油豆腐，還有當季的蔬菜。

但當我深夜回到家打開冰箱，卻發現魚還原封不動，隔天早上我問：「爲什麼我買了你們不吃？」他們卻回答：「不知爲什麼，沒有食慾。」「那你們吃了什麼？」換來的回答卻是：「你爸爸也說沒有食慾，所以我煮了粥配柴魚片和小魚乾……」

或許這般的清淡食物對老人家更好，但我總是掩不住失望之情。

因此只要我在家工作，就會盡量努力做一桌豪華的菜餚。如此一來，雙親就會直說好吃，且好好地把料理吃完。只要活著，就得飲食，先不管別的，不吃就無法活下去。我們的身體就是來自這些吃下的食物。

飲食之於我，就如做音樂般不快樂不行，也是不能偷懶的事。

我或許是個囉嗦的女兒，但是我不在的餐桌，就像沒有火的嚴寒冬日。如果對人類來說最後剩下的慾望是食慾，我希望到最後都能享受飲食的喜悅。

二〇一〇年九月

巡迴演唱的日子

和舊識坂本龍一先生共同製作了唱片〈UTAU〉（唱歌），這次是和他睽違十三年的共同錄音。

二十多歲時和他相識，在七〇至八〇年代中期爲止，我們一起參與了十張唱片的製作。之後，當他有時間時，我也會請他協助電影音樂等的編曲。

仔細算來，我個人的原創專輯超過二十六張，幾乎所有的歌詞和曲都是自己創作。特別是歌詞，由於想用自己的話來唱歌，所以一路都自己作詞。如果聽到旋律很棒的曲子，也會塡詞、演唱。我的習慣是先做曲再塡詞，所以替別人的曲子塡詞也不會感到困難。

和大型唱片公司簽約會規定發行的專輯張數，當我想更自由無拘束地創作時，剛好唱片業興起了合併重組的潮流，音樂產業的景況也開始改變。我在二〇〇六年發表了最後一張唱片後，便和長期所屬的唱片公司結束了合約關係。由於外資股價高漲，紛紛只重視發行銷量，原本一起合作製作音樂的公司員工也四分五散。

之後我每張唱片都以單獨簽約的方式進行，截至現今。〈UTAU〉這張專輯是由愛貝克思（avex）的commons（坂本先生和avec共同創設的唱片品牌）所發行。

在眾多想嘗試的構想當中，這個企畫意外中選了。由坂本先生做曲，交由我填詞並且演唱。坂本先生的曲子原本就不是爲了演唱而創作，主要是由樂器演奏，也有很多超過我音域的部分。但因爲我自己的曲子也同樣有強烈的樂器要素，所以感覺應該可以演唱。但實際唱起來卻比想像中困難許多。

我認爲音樂是由美麗的旋律和適切的合音（也就是和弦）來決定好壞，即使是單純的旋律，也會因爲和弦而使得原來作品的旋律大爲改變。

在決定編曲要使用什麼樂器之前，要先決定爲旋律配上什麼和弦，這決定了音樂的命運。

編曲並沒有什麼固定的規則可循，完全取決於每個人的「音感」，就和繪畫一樣。而坂本先生卓越的音感，爲他的音樂開創了個人特色。

錄音在今年的八月於札幌的「藝森錄音室」進行。原本打算在坂本先生中意的倫敦空中錄音室（Air Studios）錄音，但因爲我個人的因素突然變更，改在日本錄音。之後便匆忙尋找日本國內適合的錄音室。

這次的專輯主要只有歌唱和鋼琴，因此鋼琴的音色成爲最重要的關鍵。在日本錄音或巡迴演唱時，使用的是坂本先生自己的鋼琴，最初的考量在於錄音室能否搬入鋼琴。東京都內的錄音室因爲都位於大樓裡，根本沒有可以搬運平台鋼琴的電梯，東京因而最先被淘汰。東京以外的近郊如河口湖或山中湖等，雖然有可以搬入鋼琴的錄音室，但幾乎都已經排滿沒有空檔了。

此時出現了札幌的「藝森錄音室」的選項。我和坂本先生都沒聽過這間錄音室，坂本先生詢問了信任的錄音工程師，據說聲音很好。說決定一賭或許有點誇張，但確實是在這樣的心情下決定的。

「藝森錄音室」於八〇年代成立，早期使用得很頻繁，後來使用率變低，營運者也換了好幾個，目前由高瀨先生負責，他一直認爲錄音室關閉太可惜了，因此投注了許多熱情。

錄音室是唱片公司Fan House在景氣好時蓋的，能夠興建這麼卓越的錄音室，令我不由得贊同泡沫經濟。這眞的是一間相當出色的錄音室，明亮挑高的天井，上等材質的地板和牆壁，錄音室的自然回音。加上完善的住宿設施，錄音期間由知名的南極料理人西村淳廚師爲我們準備三餐，簡直無可挑剔的完美。更值得一提的是，錄音室處於廣大森林的包圍中，能在靜謐的時空中專心完成工作，完全沒有在東京時總是得煩惱電波造成的麥克風干擾雜音的困擾。

另一個讓我們詫異的是，藝森錄音室興建時的顧問竟然是喬治．馬丁（George Henry Martin）。原本預計的倫敦空中錄音室因披頭四曾錄製過唱片而知名，披頭四的製作人，就是喬治．馬丁，空中錄音室即是在喬治．馬丁的主導下興建的。而且藝森錄音室的SSL（Solid State Logic）錄音桌，竟然就是從空中錄音室搬來的。

在完全沒聽過的北方大地的錄音室錄音，才發現這偶然的事實，或許只是巧合，卻讓我們確信「原來一切都是安排好的」。

另一件值得一提的是，這次的歌詞裡出現的唯一一種植物「合歡樹」，到了錄音室發現室內竟有著兩公尺高的合歡樹植栽，而且就在大家聚集的食堂和我的房間裡。

負責定期照顧錄音室裡觀葉植物和更換房間鮮花的園藝家說：

「這株合歡樹在你們大家來時突然開花！太令我訝異了。」

音樂和植物的關係很深，這或許也是有可能發生的事。但在錄音結束、我們準備返回的早晨，合歡樹的花竟也跟著全數凋落，散亂了一地。

這些插曲雖然不是什麼大事，但每一件事都替這次困難重重的錄音工作注入了力量。

接著，我們帶著這張完成的唱片，開始了巡迴演唱。

十一月十七日

明天要在福井公演，我們前一天即抵達福井。這被稱爲早抵，這個業界有很多奇怪的業界用語。

因爲提早抵達羽田機場，我在地下一樓的擦鞋櫃處請人擦鞋。穿著的黑色長靴因之前不小心打翻了卡布奇諾，咖啡漬還黏在鞋子上。過了一陣子，擦鞋的女生把靴子擦得亮晶晶，還讚美我的鞋子「皮質眞好」。我告訴她：「您眞識貨，這雙鞋很貴，但因爲感覺可以穿好多年，我才決定買下。」到了冬天，我總是無法離開溫暖的長靴。我是法國的Freelance品牌的愛用者，因爲我的腳背薄，腳的幅度又窄，日本的靴子都不合我的腳。

羽田機場的這家店，平日一天大約有三、四十位的客人。「如果連上方都要擦，費用會高一點。」她對我說。但只擦下面也很怪，於是我請她整雙都擦，費用為一千兩百日圓。

抵達福井吃過晚餐，我就回到飯店。在登上舞台前，最重要的就是睡眠，即便很難立即入睡。我無所事事地打開電視，剛好BS正在播放電影，是梅利．史翠普主演的。不知不覺就看完了整部電影，內容有點陰鬱。後來才知道片名是〈時時刻刻〉（The Hours）。

十一月十八日

福井協奏表演廳位於整片稻田中央，令人驚豔，周圍什麼都沒有，是個古典音樂專用的表演廳，牆上有著管風琴，天井有六座巨大的水晶吊燈垂掛著。

第一天特別緊張，雖已開始演唱，但膝蓋以下依然抖個不停。要讓自己穩定下來真的不容易，還好穿著連身洋裝的長裙蓋住，觀眾看不見。唱到第三首時，總算氣息調勻，回復平時的狀態。我和坂本先生都是第一次到福井公演，很擔心會沒有觀眾，還好票全部售罄。真的很感謝大家的支持。

慶功宴在開花亭日本傳統餐廳舉行。老闆的兒子從中學時期就是坂本先生的死忠樂迷，因此才決定在這裡舉行慶功宴。要不是這樣的緣分，我根本不會來這種豪華貴氣的地方。對我來說，這是奢侈的高級料理。但對方卻一點都沒有架子，職業般的完美招待，讓人感受到賓至如歸。除了各式高級的料理外，老闆的兒子還拿出了幾瓶日本酒，「據說今天是薄酒萊的開瓶日，也是福井的好酒黑龍酒莊的開瓶日。我特地帶了三瓶來，都是稀有的美酒，請大家盡情享用！」

他邊說邊微笑地把酒一字排開，分別是黑龍酒造的「二左衛門 大吟釀純米酒」、「雫」和加藤吉平商店的「極秘造大吟釀」。

啊～人世間的幸福，就在於享受美酒吧。眞是極幸福的瞬間。當天工作的滿意度及料理、場所、氣氛、同桌的同伴，都是品嘗美酒的要素，當晚可說是全部條件備齊的一天。

巡迴演唱第一天的尾聲就如此豪華，會讓之後不盡圓滿吧。心裡清楚不會再有比今天更幸福的時刻了，明天開始直到最後一天的演唱就開始過禁慾的日子吧！也算好事一樁。

十一月二十二日

新潟公演結束，回到東京。從地方回來，最讓人放鬆的還是能回到家裡好好入睡。飯店裡總是很乾燥，我討厭離地面太遠的房間，尤其討厭緊閉到讓人窒息的窗戶。當窗戶無法打開時，我反而想盡情呼吸外面的空氣。在飯店裡我會打開加濕器，還會帶著在家裡愛用的帕西馬（Pasima）的溫暖床墊和棉被，還有方便攜帶的水龜，在演唱會後台準備室則備有泡腳器和喉用吸入器，盡量讓自己處在和家裡相似的環境中。

今天，在突來的雨天中，坐車前往會場昭和女子大人見記念講堂。演唱會當天下雨對來聽表演的觀眾來說，總是帶著幾分的憂鬱，但實事上下雨天演唱會反而容易成功。演唱會的成功與否通常由觀眾來定分曉，當天的空間會左右舞台的空氣。下雨天和晴天不同，會場的「氣」會凝成一氣。表演結束後有許多熟識的人來到後台，雖然很想和大家一一寒暄，但只能匆匆打個招呼，眞的非常抱歉。

隔天因爲在相模大野公演，再次驅車回到葉山的住處。途中暴雨直落，心裡不斷唸著「要小心開車……」，在雨中緩駛。

十一月二十三日

今天在綠色表演廳相模大野。因爲是假日，開演時間爲五點。從逗子搭電車前往會場，在大船和藤澤轉車。這是我第一次到相模大野，是不曾搭過的新路線，看著不熟悉的站名和風景。演唱會我時常獨自前往，因爲我不喜歡被照顧，總是有人在一旁盯著自己，反而感到不自在。

空氣很乾燥，後台準備室的加濕器發出滋滋聲，香精油也點上了。把朋友送的十年沉香的花梨汁加熱水飲用潤喉，讓喉嚨處於最好的狀態下上台。

上台後一開始唱歌，大口吸入空氣的瞬間，把乾燥的塵埃也一起吸了進去。舞台上充滿了許多肉眼看不見的塵粉。喉嚨附著了令人發癢的小蟲，只能維持著平常的表情繼續演唱。

不得已，開始停止以口呼吸，改以鼻子呼吸。用鼻子呼吸，吸入的空氣量變少，漸漸覺得頭昏，但也只能努力克服。

演唱會總算順利結束，再搭電車回家。原本打算早點回家的，卻被工作人員制止，「現在搭電車會碰到許多聽眾，還是再等一會兒吧。」

十一月二十四日

明天開始要離開東京兩週，公演地點爲大阪的產經表演廳，搭晚上的新幹線前往大阪。在品川車站的Atre買了豆腐燒賣便當。在新幹線上寫著這篇文字。利用空閒的時間繼續書寫，這樣是否妥當？

抵達希爾頓飯店，此時已晚上十點，我在房間裡繼續未完的文稿。剛才在新幹線上明明吃了便當，現在肚子又餓了。點了大阪豆皮烏龍麵在房間裡吃。心裡想著來一點啤酒吧，但還是決定在演唱會結束之前要減少酒精攝取量。

雖然喝一點無妨，但和別人一起喝酒，總是不自覺興奮而多話，這是最不可取的地方。因爲得每天連續唱歌，所以除了唱歌之外，我都盡量不要出聲，只默默行動。

巡迴演唱才開始了四分之一。每天注意入眠及休息品質，不要讓身體著涼，每次的公演都全力以赴。不論多麼辛苦，每一場演出都是爲了自己，懷抱著對第一次現場聽我唱歌的人的感謝和相遇的心情，盡自己所能，努力拿出最好的一面。

二〇一〇年十二月

禮物

二月的某個下午，我收到一件郵包，是住在巴黎的朋友K寄來的。正如一週前收到他的郵件般，「我寄了好東西給妳！」裡面塞滿了好多好棒的東西。

一打開小小的紙箱，展現了他的個性，裡面完全沒有空隙，每一件物品整齊地收納在裡面。就像買衣服、包包或鞋子時，百貨公司會用薄薄的白紙張包起來，物品一件一件包好，排列得井然有序。紙張表面看起來和日本的相同，但紙的觸感卻不同。我很喜歡這樣的觸感和味道，宛如觸摸著那個國家的生活和文化。

小郵包裡放著K上班的愛瑪仕的手帳、質感柔細的織布坐墊套、普羅旺斯當地的橄欖油香皂、手掌大小的五罐紅茶及K最近熟識的、聖拉查車站（Gare de Paris-Saint-Lazare）前FNAC唱片行店員推薦的海頓〈小提琴和中提琴的六首奏鳴曲〉CD。

還有雅克．德米（Jacques Demy）導演的〈我的巴黎〉（Mon Paris）的DVD，這是一部一九七三年的愛情喜劇。經營汽車駕訓所的中年男子馬可（馬切洛．馬斯楚安尼／Marcello Mastroianni）的肚子有一天突然開始大了起來，和戀人伊蓮如（凱薩琳．丹尼芙／

Catherine Deneuve）一起到醫院就診後，竟然懷孕了。音樂出自米榭．李葛蘭（Michel Legrand）之手。

我拿起這片DVD仔細端詳，怎麼看都是法文吧！哈哈，是要我好好學習法文嗎……

打開最後一個包裝，出現了尙保羅．艾凡（Jean-Paul Hevin）的巧克力，附上一張小紙條，上面寫著「這是我很喜歡的巧克力」。我立即打開盒子，放一顆入嘴裡。

說到法國，總讓人聯想到巧克力，連不是很愛吃甜食的我都不禁又吃了一顆，眞是好味道。此時我才發現，「對了！情人節啊。」

K對這些讓人驚豔的美味食物眞是瞭若指掌啊。

原本在聖日耳曼德佩區租公寓的他，去年秋天搬到凡爾賽宮附近的寧靜小鎭阿弗雷城（Ville-d'Avray），只爲了遠離充滿噪音和廢氣的巴黎。

這個小鎭被兩個小湖和森林包圍，有時車道會出現鼬鼠和水獺等小動物，小鳥們早晨合著聖尼可拉教堂的鐘聲一起鳴叫。

十二月雪積了不少，爲了讓雪早點溶化，小貨車一早就在街上撒岩鹽。他憤恨地說：「害我報廢了三雙皮鞋！」但在走到車站的十五分鐘路途，吸滿了晨靄裡的新鮮空氣，總是讓人產生「今天也開朗地努力過日子吧！」的正面心情。他信裡也這麼寫著。

在我不曾去過的小鎮，他和一起生活的兔子柯尚是否過得安好。

在我所遊歷的國家當中，我去過最多次的地方是法國。雖然幾乎都是因為工作的關係前往，也算是一種緣分吧。他認為充滿了廢氣的聖日爾曼德佩區，我十年前曾在那裡租房子生活過一陣子。雖說是住過，其實也只有錄音期間的一個月罷了。

能住在度假區的休閒飯店也很好，那種地方的飯店總是充滿了讓人放鬆的服務，相反地大都市裡的飯店即便再怎麼高級，也無法讓人放鬆，沒有一樣是我喜歡的事物。

住宿飯店的目的是過夜，但由巨大的床占據的客房空間感，實在無法稱為日常。因而即便為了工作得在海外長期逗留，例如紐約，我通常會選擇有廚房的公寓式酒店。

巴黎聖日爾曼德佩區的房間也是他替我找的。剛好同時間，住在那間房子的畫家要回日本一段時間，那裡是他的畫室。更早則是間小印刷廠，房間裡留著許多才畫到一半的畫作，殘留著油畫的味道。而且離每本旅遊書都會記載的雙叟咖啡館很近，走路即可到達。但一轉入小巷裡，就是一般住家的街道。

這間工作室讓我中意的，除了屋主是日本人以外，還有電鍋，這使我在巴黎的居家生活多添了幾分便利。而且臥室很小。

巴黎原本就是個不大的城市，地下鐵很方便，如果學會搭巴士，能更輕鬆地四處移動。一有零碎的時間我就去逛逛美術館，或是到咖啡館裡看看書。

每次從巴黎回國，我總是會買伴手禮給自己，那就是艾菲爾鐵塔造型的玻璃利口酒。儼然是給觀光客的禮物，但因爲每年酒瓶的造型都有些微的變化，我家已經有高低不同的五瓶。因爲都還沒有開瓶飲用，不知道裡面裝了什麼，但排在一起，著實賞心悅目。

買回日本的東西當中，最重的就是Le Creuset的鑄鐵鍋。已經是好久以前的事了，當時日本還很少看到且價格昂貴，常見的鮮豔橘色款式我不太喜歡。

在巴黎的百貨公司看到一個淡薄荷綠的橢圓形鍋，我很喜歡，於是拜託店員幫我寄到日本。但寄送的郵資很貴，對方要我自己手提回去。現在也很少看到一樣顏色和形狀的鍋，我至今依然覺得買得很值得。

說到鍋子，就讓我想到最近大爲流行、名爲「Vermicular」的無水琺瑯鑄鐵鍋，有各式各樣的款式，其中尤其引爆話題的是，此鍋子是愛知縣名古屋市的製造商愛知多比（Aichi Dobby）生產的琺瑯鍋。這家製造商原本是製造鑄物精密零件的工業廠商，爲了開發以一般消費者爲對象的商品，才決定製作鑄鐵鍋。決定的契機在於用法國的鑄鐵鍋做出來的咖哩實在太美味了，因此利用原有的技術，以製造「世界級的日本鑄鐵鍋」爲目標進行研發。

這個愛知多比的鍋子因電視經常報導，連我也時有耳聞。法國又剛發售新品版的Chasseur鍋，大小樣式選擇多，而且顏色也很美麗。基於這類鍋子很重視密封性的考量，我相信日本的「製造」技術，於是決定下訂Vermicular鍋。

天啊！竟然要等一年才拿得到鍋子。因爲不是專門製造鍋子的公司，每一支鍋都由職人親手打造，一天最多只能生產四十支。電視的宣傳效果實在太大，引發了搶購熱潮。一個鍋子兩萬日圓的價格，對每天需要使用各式鍋子的女性來說，「即使貴一點也很令人心動吧！」

考量了許久，我還是決定訂購，這種事實在難得一見。等得愈久，收到時也愈開心吧。什麼都立即買得到的現今社會，已經很久沒有這種等候的喜悅了。

我在購物時都會再三反問自己，「是眞的很想要嗎？」現在家裡的東西其實有百分之九十是不必要的。只要買了一個新的，就把一個舊的丟掉，東西就不會無止盡地增加。總之，爲了一年後來到我家的鍋子，我替它先騰出了空間。

去年和坂本龍一先生一起巡迴演唱時，來到後台休息室的淺田彰先生帶了京都北山的葛湯「小鸞驢之浮巢」給我。把落雁形狀的固形葛放入寬口杯裡，注入熱水攪拌均勻，會浮出一隻小鸞驢。宛如浮出湖面的樣子，讓人憐愛。淡淡的甜度也剛剛好，之後我又訂購了好幾次。

買東西送人眞是件費心的事，非得自己親自確認過好幾次，而且是自己喜歡的東西，才能安心地送人。巴黎的春天比東京還令人殷切盼望，爲了生活在巴黎的K，我訂購了「小鸞驢之浮巢」，作爲充滿法國芳香氣息的小郵包的回禮。同時也送上日本的古時風景給他，希望他能度過一刻放鬆舒適的時光。

我想他一定會很喜歡吧！

二〇一一年三月

前往東北的森林

畫面中一隻小狗死命地緊追在一輛疾馳而去的車子後面，小狗的身影慢慢地變小，最後終於消失在遠方。這不是電影場景，而是從駛回避難處的車子後方窗戶拍下的影片——受災地居民暫時回家，給家裡的貓狗餵完飼料後，只能狠下心加快車速離開。NHK教育ETV特集〈核子汙染地圖——福島核能發電廠事件後兩個月〉（二〇一一年五月十五日播放）引起極大迴響，讓人胸口揪緊，盯著螢幕視線無法離開。

三月十一日過了好幾個月，像什麼都沒發生過，電視上播放著綜藝節目，其背後卻映照出受災地的慘狀，呈現出一個世界兩樣情的異樣反差。

有人因受地震災害而改變了價值觀，也有人努力維持現狀。失去了家人、工作和房子的現實，只要沒發生在自己身上，要改變十分困難。時間愈是流逝，愈讓人有這種感覺。

人活著必須靠空氣、水和食物。一九八六年車諾比事件讓世人看見這些全部被汙染的恐怖經歷，當時日本正值泡沫經濟的全盛期。經過了二十幾年後，現在車諾比核電廠半徑三十公里以內的地區仍然無法居住，離核電廠東北方三百五十公里範圍內零散的熱點（局部高汙染地區）約有一百處，仍是禁止農作和畜產的地區。

地震前我們的社會又是什麼狀況呢？東西多到氾濫，每天不得不捫心自問，到底什麼才是幸福。

受災地的女高中生這麼說道：「地震前我曾想過尋死，朋友中也有不少人有過相同的心情。但現在想活下去卻無法如願的大有人在，想到這裡，我完全無法想像爲什麼要死。」女高中生帶著笑容往志工的車子跑去。

前幾天我和環境記者、同時也是翻譯家的枝廣淳子見面，請教「三脫」理念。枝廣小姐正在推廣「脫離生活的擁有化、脫離幸福的物質化、脫離人生的貨幣化」。

比起成年人，年輕族群對此三脫的思考滲透得更爲徹底。不像以前的人，只要開好車就覺得好酷，他們完全對此不感興趣，車子可以共用，書讀完後就賣掉。比起買昂貴的名牌商品，更偏好自己動手做喜歡的原創包包。比起擁有許多物質，更想在與人交往當中找到幸福。上一代父執輩大家都加班工作，把自己的時間換成金錢，退休後想找回屬於自己的時間已經太遲。這樣的人生很難讓人覺得幸福，我想這就是現在年輕人的想法吧。

也有人說最近的年輕人都太節制了，很無趣。我卻認爲是大人成了反面教材的結果，對於這樣的世代轉變只能接受，其實也沒有到需要感嘆的地步。

四月二十九日我參加了到栗駒山砍伐樹皮的活動。早上七點從東京搭巴士出發，碰巧是黃金週的第一天，加上前往支援東北災區的車陣讓東北車道大塞車，抵達目的地Ecora森林竟然花了十一個小時，當天預定的伐木計畫也只好喊停。

我是自己一個人參加，除了邀約我的田中優以外，和其他參加者是第一次見面。從各地來的參加者總共有七十位，是個認識各種不同職業人士的好機會。大家住在分散各地的休閒小屋和旅館，在泡了鳴子溫泉後，抵達的當天夜晚進行了白炊交流會。

隔天清晨一早立即進入山裡，開始剝樹皮的工作。「剝樹皮伐木」是將樹皮剝下，讓樹處於原本直立的狀態下乾枯的間接伐樹法。皮被剝掉的樹木枝葉會乾枯掉落，太陽光就能照射到森林裡，讓林木下方的草能夠生長，恢復成各種植物共生共存的活力森林。

從遠處看或許看不出來，尤其是杉木分布的山區，幾乎是處於閒置雜生的狀態。因爲沒有適當的間隔，長滿了像豆芽一樣的小樹，被稱爲線香林。

日本國土有百分之七十是森林，木材的自給率卻不到百分之二十，而且還是世界上屈指可數的木材輸入國，從遙遠大海的彼方將不斷被砍下的樹送來。這個事實讓人無法接受，明明眼前就有著豐富的林木資源。

不加以維護的山林不但沒有保水力，動物也因爲缺乏食物，只好下山四處尋找食物。

皮被剝除的樹木保持直立天然乾燥，一、兩年後的含水率，也就是重量會減少至三分之一，砍下後連女性也能輕易搬運。不需木材保管場所，也不必使用機器做高溫乾燥處理。不但乾燥、運輸成本減少，剝去樹皮後蟲子不易寄生，也能減少乾燥保存時的蟲害。還能讓木頭的肌理變美，成爲具高利用價値的木材。

但要怎麼剝樹皮呢？首先得在杉木根部上方二十公分處先用鋸子將樹皮切下一圈，然後插入樹杓，用木槌叩叩敲打，剝除約十公分的樹皮。當樹皮翹起來後，雙手握住，往上方「霹靂霹靂！」地整個將樹皮剝下。

偶爾遇到有樹節或有分枝時，就很難順利一口氣剝下。光剝下樹周圍的皮就要花費不少力氣，個子高的人因爲角度較大，較容易剝。剝完一圈後，「光溜溜的樹」就完成了。出現樹木光滑的肌理，用舌頭舔了一下，竟然是甜的！

我們兩人一組爲單位開始剝樹皮，長在斜坡上的樹尤其艱難。爲了不滑下去，必須夾緊樹幹進行。大汗淋漓的臉上因爲沾黏了樹皮和樹屑而發癢。剝了六、七棵樹後，得把剝下的樹皮集中起來，大家累到完全沒力氣說話，只是默默地埋首進行，整個上午就這麼過了。再走兩公里的路回到Ecora森林的休息小屋。

午餐是咖哩飯。把巨大鍋子裡的咖哩豪爽地淋在飯上。身體勞動後自然飢腸轆轆，這是自然的法則，卻讓人感到愉快。就算唱歌也不太會這麼餓，反倒是因爲緊張而無法進食的時間更長。吃飽後就開始想睡覺，但因前一天晚到而無法達成進度，休息後只好馬上再出發前往山裡。

下午的作業處在另一個地方，主要是砍伐已經剝完樹皮的樹木。和上午剝完樹皮的肌理相比，可以看出豎立的樹已呈現乾燥的模樣。栗駒木材沉默害羞的年輕員工選了一棵粗壯的樹，用電動鋸子示範砍樹的方法。

先決定要讓樹倒下的方向，在要倒下的一側樹木下方約三十公分處鋸出三十至四十五度的楔形，這就是接受口。沿著切下的缺口，從相反處再鋸出近水平的切口，但不要一口氣切到底，而是邊用手推邊確定傾斜的方向，進而調整鋸口，最後將樹推倒，讓它自然倒下，發出「咚」的樹木倒地聲。原本就是已取間隔的粗樹，雖然沒有巨樹的迫力，但在樹倒下的瞬間仍宛如莊嚴的儀式，讓人不自覺湧現一股神聖的情緒。

我們沒有電動鋸子，只能使用剝樹皮的小型鋸子，兩人一組開始砍樹。天空開始下起了雨，穿著雨衣在濡濕中作業。但鋸子實在太小！唧唧唧來回拉鋸三十次後，只能求助，「啊，不行了，換人吧。」兩人輪流鋸著，就連直徑只有二十公分的樹都得費一番工夫。起初挑了較粗的樹作爲挑戰，到後來只能選擇較細的樹，眞對自己感到汗顏。

樹被砍倒後，還得把細枝切下，然後搬運。雖聽說直立乾燥後的樹連女生也搬得動，但一個人搬還是很吃力。默默地持續採砍，發現雨已經停了，傾斜的陽光照入森林。垂落在枝葉上的水滴，在陽光的照射下閃爍著光澤。

栗駒木材的大場先生要大家聚集在一起，「今天很感謝大家的幫忙。你們看，森林變得如此明亮。」

再次望向森林，剩下的樹木伸展了枝葉，溫暖的陽光直射整片濡濕的落葉。

「陽光能照進森林，下方的草就會生長。之後會種植闊葉樹。雖然在我們有生之年無法看到這座森林復甦的模樣，但可以傳承給下一個世代。」

這一天我們共砍筏了一百二十棵樹木。結束工作後，回到住宿處泡溫泉，夜晚則是ＢＢＱ。

隔天早上前往栗駒木材（宮城縣栗原市）的工廠，參觀木材加工廠和乾燥爐。栗駒木材廠在地震時只有一些木材倒了下來，受災程度不大。工廠主要的現金來源，也就是紙原料廠的用木，因日本製紙工廠被海嘯摧毀，現在處於經營的困頓時期。

將從山裡獲取的資源發揮最大程度的利用，而且整個處理過程都很安全，還能傳承給下一個世代，實現循環型社會。正是這間公司的經營理念。

無法當成建材樑柱使用的部分可作成紙的原料，切割剩餘的小塊木材和木屑則當成木顆粒燃料，使用在工廠內的木材乾燥爐（不使用石化燃料）。而且這裡採取的是四十九度以下的「超低溫乾燥」，是無損樹木精油和木材細胞的乾燥法。例如杉木的精油成分中有著鎮定作用和殺菌效果等各式作用，能否發揮其作用端視乾燥時的溫度。現在主流的八十至一百二十度的高溫乾燥，會讓珍貴的精油成分流出，木材本身的細胞也會遭到破壞。

其次，煙燻乾燥時產生的煙，冷卻後能提煉出木醋液，可當成防蟲劑；燃料灰則可當成肥料。木材的黏著處不使用合成接著劑，而以米糊代替。完全利用，沒有任何丟棄不用的部分。

由於不使用進口木材所用的防腐劑或是含有甲醛成分的合成接著劑，有皮膚炎或氣喘、甚至是過敏的小孩和大人，都能安心居住。

在過去，一些有圍爐的古民宅，樑柱會因圍爐燒煤的煙被燻成漆黑，而栗駒木材便是採用相同的燻煙乾燥方法。古民宅之所以能長久維持，就是因爲沒有蟲害，也不會腐敗或扭曲，而且還能增加強度。「不想製造三十年就得拆掉重建的房子，至少要能維持三個世代超過百年，居住的年數也要比樹木生長的年數還長才行。」這是栗駒木材的菅原先生和大場先生的心願。

所以受災後，由栗駒木材協助進行災區復興的「天然住宅銀行」計畫，放棄只能住兩年的組合屋，目的就在於建造取代臨時組合屋的「復興住宅」。

能利用超過一百年，而且還很便宜（一戶兩廳的房子只要四百五十萬日圓），建造時程只要十四天左右，必要的材料和人力都從當地尋找。如此一來，不但有助林業和工程建材業等地區產業的活化，還能製造工作機會。此外，這個住宅將來也能改建或搬移。

活用非營利的NPO銀行組織，包含不光只有捐款的「社會捐助」，以低利息融資給希望擁有復興住宅的人作爲建築基金。

什麼嘛，原來不是免費的啊！或許有人會這麼想，但免費的住宅總有一天得搬走，就像組合屋那樣的暫時性住宅。說穿了，民眾需要的不是臨時住宅，而是能一直居住下去的永久住宅吧。

只要把它想成是付每個月三萬日圓的房租，十二年後，這個夏天涼爽冬天溫暖的木造屋就是自己的家了。

雖然是付錢給銀行，但資金將來會回收，創造出「另一種金流方式」的可能性，而非只將錢存放在銀行或郵局。只是這筆資金的利息是無法分紅的，而且因爲是用在支援災區的住戶，五年內無法領出。只利用捐款要維持長期的支援，想必非常困難，這是將問題交由民間自己來解決的一種思考方式。

其他也有同樣的支援計畫，是由坂本龍一先生代表的「More Trees」的災區援助計畫「LIFE311」。

天然住宅銀行聽說由於山區地主的熱心，確保了建設的預定地，但因爲可以建造住宅的高台地原本就少，也讓這些地方的土地價格居高不下。

各式各樣的支援方式都有，當然，如果唱歌也能是一種支援，我也很樂意參加。只有自己親自體驗過，才有辦法用自己的語言說出來。所以我才會參加這樣的活動，親自進入山裡。

一想到這次地震造成的災害，以及近年來世界各地大規模的各種天然災害，地球是否進入了緩慢活動期了？又或許這是太陽的作爲？也再次體悟到即便眞是如此，也是人類無法控制的事，在有生之年，應該好好把握當下，好好生活。

二〇一一年六月

對面的三間住家和兩側鄰居

院子裡的枹櫟樹今年沒轉成紅葉，枯萎變成茶色的葉子在涼風吹拂下發出沙沙的聲音。山也沒有轉紅，在寂寥的風景中迎接了秋天。倒是下方的水仙開了花。

九月來襲的颱風把我家二樓的集水管吹跑了，縱使已經過了三個月，還是沒能修好。磚瓦師傅等修理日本房屋的人手不足，只能依序等待。

終於等到師傅前來我家修理的日子，下午卻又因爲下雨和強風而被迫暫停。當我想到院子裡的戶外用遮陽傘得收起來才行，轉身一看卻發現遮陽傘已經不見了，「糟了！」

被強飛不知吹到哪裡去了。我穿著雨衣走進強風陣雨中。遮陽傘像海灘傘一般大，如果被吹到停車場撞到別人的車就慘了。連我手上撐著的傘也一下子就被吹壞，「啊，眞是沒用！」我把傘夾在腋下，找了二十分鐘，還是沒見到任何遮陽傘的蹤跡。

回到家立刻淋了浴。

到底跑去哪了？會不會被從下方的風吹到空中，像電影〈歡樂滿人間〉（Mary Poppins）一樣飛到天上去了啊？沒辦法，明天繼續找。

隔天，我打掃著住家附近的落葉時，四處跟鄰居說：「如果有看到我家的遮陽傘，請通知我。」爬到附近的小山丘上應該可以找到吧……。

當天下午，鄰居千佳小姐來找我。「你的傘是什麼顏色？」「綠色。」「我來這裡的途中好像有瞄到。」「在哪裡？」「隔壁的車庫。」

我穿著拖鞋跑到隔壁的車庫一看，遮陽傘不就夾在樹葉當中！

「啊，就是它，謝謝你，千佳小姐。」

什麼歡樂滿人間啊，根本只是滾到隔壁的院子罷了，爲什麼我當初沒想到先去隔壁找呢。就像把眼鏡掛在頭上、卻四處找不著眼鏡的人啊。我將這把悲慘的遮陽傘扛了回家。

隔壁住著在橫須賀基地工作的美國人，我想和他道謝，但沒有人在家。晚上車子在，人卻不在。等假日再去敲門拜訪好了。

明明不是夏天，爲什麼會把遮陽傘撐開呢？說到這裡，其實是爲了貓。下雨天時，我會爲附近的野貓打開傘，讓牠們可以在這裡避雨。如果遇到刮大風下大雨，只好再請牠們去找別的地方避雨。雖然就算說了牠們也聽不懂。總之，很抱歉。

在東忙西忙之下，又到了水龜的季節。好幾年來唯一的小電暖爐壞了，今年買了燈油暖爐。現在很難買得到，我預料到這一點，趁夏天就先買起來了。買燈油暖爐的考量和大家一樣。燈油關掉後雖然會殘留油臭味，我也不喜歡這一點，但因爲電氣恐懼症，也可以說是對核電廠的憤怒，所以不想買電暖爐。雖然想要木顆粒暖爐，但今年來不及買。

夏天異常的熱，連冷氣都沒有的我，流了許多汗水。今年的冬天也可以度過和感冒無緣的日子吧！

每年最期待的新米也收成了。烹煮沒有農藥、散發著光澤的糙米。有人說糙米一點都不好吃，我感覺是烹煮方法錯誤的關係。

糙米因爲有胚芽，當處於沒有水分、不適合發芽的環境，就會產生一種休眠的荷爾蒙——脫落酸，這對身體不太好。但只要充分浸泡水，其發芽的作用會被開啓，成分會產生變化，同時糙米裡含有的植酸毒性也會消失。泡的時間不夠久就突然拿去煮，不但很硬且不易消化，這是理所當然的。

夏天泡十二個小時，冬天泡二十四個小時，之後把水倒掉，再開始煮。或許有點麻煩，但這麼做會顛覆「糙米要細嚼慢嚥」的常識。糙米飯不但煮完後膨鬆柔軟，而且還很彈牙。我並沒有實行養生飲食法，也不會建議大家糙米對身體很好，最好全部改吃糙米。

糙米可以清除體內的廢棄物，也可以提升免疫力。副食品也只要少量即可，更讓人充滿力氣。因此，要唱歌的日子，我都會特別攝取糙米。用對烹煮方法，絕對比白米好吃。強迫自己吃不好吃的食物，我可沒有那麼堅強的毅力。

我都用Master Cook專門煮飯用的土鍋來煮糙米，它是由健康綜合開發公司生產的鍋子，有著自然壓力的雙重鍋蓋，而且鍋子深度夠，不必擔心米會無法膨脹或溢出。並有蓄熱、保溫和遠紅外線作用，是很優質的土鍋。

剛開始因為火候控制不當，飯煮得不太順利，但多煮幾次後，即使現在早上頭腦還沒清醒，也能輕鬆煮好。煮法是先以中小火加熱三十分鐘，將木栓塞住蓋子上的洞（此時會發出偌大的聲響），之後在瓦斯爐上放上瓦斯墊，再放上鍋子，用小火加熱二十分鐘，最後三十秒轉中火讓裡面的水分蒸發後熄火，打開蓋子，輕輕把飯上下翻攪，蓋上布以餘溫加熱。以上就是煮飯的順序。

和按下開關就自動煮好的電鍋相比，眞的很費工夫。但不費工夫的事，不論是什麼東西，即使完成也有其限度。

母親的那個時代，家家戶戶都用木柴燒飯。母親是長女，每天早上要負責煮整個家族要吃的飯量。用大鍋子煮的飯應該很美味吧，這也是淳樸時代的人之所以長壽的原因吧！

核電廠事件引發了食安危機。起初感覺猶如一場惡夢，現在卻變成了現實，讓人不得不去了解目前的狀況究竟有多糟。

每天都得面對這樣的現實，眞的讓人很沮喪。我的認知是，事件發生前的生活已經回不來了。我家的日常生活雖然沒有因受災而起了多大的改變，但面對生活的方向確實已經變了，那就是要更踏實地生活。自己認爲不對的事，愈來愈無法忍受，日常生活中重要的小事，也盡量不逃避，誠實遵循身體發出的動力。這肯定是地震帶來的良性轉機，也就是「回到眞正的自我」。

在這樣的轉變中，我收到書評的邀稿，讀著馬克・鮑伊（Mark Boyle）著的《一整年不用錢：免費＋自由》（The Moneyless Man: A Year of Freeconomic Living）。這是一位在英國實驗一整年不使用金錢過生活的二十九歲年輕人所寫的書，他宣示要開始過不用錢生活的那一天，正好是三年前我生日當天。這或許也是某種機緣，我擅自這麼認為。

他之所以會選擇不使用金錢的生活，起因於一九九二年在加拿大開始的不消費日（Buy Nothing Day，不購買非真正必要的東西，思考消費對人類社會或自然環境帶來的影響）。日本和歐洲將不消費日訂在十一月的最後一個星期六。

他原本也打算在企業就職賺大錢，但在大學的最後一個學期邂逅了甘地的思想：「想改變世界，請先改變自己……不論只有你一個人的少數派，或是有幾百萬和你一樣的同伴。」之後他便投身有機食品業，經歷過許多後，對於「在有限的地球上追求無限的經濟成長，自己也將金錢投入其中」感到疲憊，這是他決定開始身無分文生活的重要動機。

身無分文的生活需要智慧。從廚房用具、自製啤酒到牙膏，克服種種困難的內容讀來很受用，同時也體會到貨幣經濟如何毀壞了這個世界。

經濟學者理查・伊斯特林（Richard Easterlin）曾指出的「消費主義的跑步機」很有意思，人誤以為只要有錢就能幸福，但常常忘了「收入愈多愈想追求更多金錢」的事實。

作者鮑伊說：「金錢本身完全沒有任何價值，但人類卻變成了金錢的奴僕。

世界在金錢上運轉，在得賺更多錢才行的強迫觀念下所運轉的世界，根本只是個幻想。」一身無分文之前認識的女朋友，後來甩了他。鮑伊雖然很難過，但後來他的實驗生活經由英國報紙和電視的介紹，世界各地的採訪如雪片般湧來，甚至有許多人寫信給鮑伊要求跟他結婚。

當然也有人批評鮑伊的僞善或是沽名釣譽，但他回應：「懷疑金錢的價值變成禁忌，孩子從小被教導賺錢是善行，賺多少錢，擁有多少金錢，宛如代表自己的人格。像我這樣的人出現，原本的價值觀會受到顚覆吧。我想傳達的是，即使沒有錢沒有物質，也依然能健康快樂地活下去。」

一年不使用錢的生活結束後，他衷心盼望能持續這樣的生活。但諷刺的是，這段經歷被寫成書後，版稅金等著他領取。思考後的他，決定將所有利潤投入建構自由經濟社群的土地，設立信託基金。此網站有一百六十個國家、共三萬四千八百四十三人參加，共同分享四十六萬一千七百六十六種技能，九萬五千零八十八個道具，以及五百五十四個空間（二〇一一年十月末統計資料）。

以物易物、分享、技能互相交換。這些如果在日常生活中也能成立，有一天就會成爲世界的常識吧。日本已有許多年輕人認同這樣的生活方式。

今天我的圍籬下也放著沾著土的白蘿蔔。晚上買完東西，在回家的路上和千佳小姐偶遇，她給了我紅蘿蔔。「因爲有點裂痕賣相不好，所以對方給我很多，你要分一些嗎？」

這不正是鮑伊所說的互助社群嗎？

人和人之間的連繫，就從對面三戶人家和兩側的鄰居開始吧。

二〇一一年十二月

母親，永別了

「媽！媽！」

我雙手抱住母親的雙頰，心神不寧地不斷呼喚著她。從長野趕來幫忙照護父親的哥哥，緊緊抱著母親。

母親幾乎沒有呼吸。我立即打電話叫救護車，電話那端傳來「我們現在馬上過去，請先按指示做」。我用肩膀夾著話筒，反覆幫母親做CPR。

母親終於恢復了呼吸，但意識卻還是沒有恢復。救護車很快就來到，將意識不清的母親送到醫院。

那天母親前往平常看診的診所，和平常一樣接受診療，拿了藥。我接到母親的電話，「我現在在藥局！」便開車去接她。

和母親會合後，我們在藥局旁邊的超市買東西。我慣例詢問母親：「今天晚上想吃什麼？」母親也和往常一樣總是回答我：「沒有特別想吃的東西。」我問她：「那吃豬排好嗎？」然後買了午餐的壽司捲。母親吃了不少，食慾和往常沒兩樣。

但到了傍晚，當我在做晚飯時，母親突然昏倒。

父親在去年十二月因爲誤吞嚥而導致肺炎住院，處於生死交關之際。今年雖然出院了，卻臥床不起，開始說些莫名其妙不知所云的話。母親實在無力照護父親，拜託我幫父親轉到其他醫院，但我實在無法將臥病不起的父親轉到任何一家醫院。於是我拜託母親就讓他在家裡臨終吧，我會看護他的。於是由我看護父親的日子就此展開。

但實際上眞的非常辛苦，讓我壓根不想再提起。

回到家裡後，還以爲自己仍在醫院的父親半夜突然大聲叫喚著，這讓母親也無法入睡。一早起來的母親，把粥端給父親並餵他吃，自己也十分疲憊。

母親被送到加護病房，當急救處理結束，負責的醫師跟我說明母親的病情。一看到電腦斷層掃瞄的片子，我就明白了。

「您母親出血的部位在腦幹，很難救治。可能只剩兩、三天的性命。」

我腦中一片空白。腦幹出血是指腦和身體的連結處出血，也就是下令維持生命機能的重要中樞處出血。主掌呼吸和體溫、心臟跳動的「生命維持中樞」腦幹，幾乎是不可能動手術的地方。

母親身上裝著呼吸維持裝置，發出咔達咔達的機器聲。此裝置的粗塑膠管插進肺的深處，鼻子裡也插了幾條管子而且爲了固定管子，以膠帶將管子貼在臉上。

我按摩著母親的腳，和她說話時，她的腳微微動了，護士說這是「生理反應」。表示還活著嗎？

我只能心疼地說著：「很不忍，好心疼啊……」然後抓著母親哭了起來。

不知所措的我，直到深夜才搭計程車回家。隔天也去探望母親，又隔一天也同樣趕去，幾乎每天到醫院探病。護士說：「她聽得見，請你多跟她說說話。」當時聽在我耳裡眞是難過至極。「你知道她是如何聽到聲音的嗎？」我一邊撫摸著母親的頭髮跟她說話，一摸她的身體血壓就上升，腳也和之前一樣微微顫抖。但瞳孔依然張著，一點反應也沒有，不知道她是否眞的聽到了。

聽得到如果不是意味著理解話的含義，那在生死交界的黑暗中徘徊的母親所聽到的，是否反而造成她的痛苦了呢？

即便如此，能待在母親身邊的時間，變成無法取代的寶貴時刻。

回到家裡，即使到了半夜，依然擔心著醫院隨時會打電話過來，只能在朦朧恍惚中淺淺地睡睡醒醒。

離開東京開始在葉山生活已過了二十五年，家裡總是有著母親的身影。在院子裡、廚房裡、茶水間，母親的身影宛如殘留的影像清楚映在我眼中。在昏倒的當天，前往慣常診所的母親穿著我買給她的黑色羽絨大衣，戴著她喜歡的、親手編織的毛線帽，站在走廊望著窗外的院子。我從茶水間看著她的身影，年紀漸長身體萎縮的母親，宛如小學生，我的腦裡浮現「眞可愛的母親」的想法。當時的身影，微妙清晰地映在我的眼簾。

爲什麼我平常總是對母親生氣呢？爲什麼不能對她更溫柔、更有耐心呢？雖然想對她溫柔，但嘴裡總控制不住地冒出「就是這樣，你到底想怎樣！」。

帽子呢？那頂毛線帽跑去哪裡了？最後和母親一起在超市買東西時，母親頭上沒有戴帽子……找遍了家中也都找不著。藥局？對了，肯定是忘在藥局了。我立即前往藥局詢問，「是這個嗎？」我在塑膠托盤中看到母親的編織毛帽。「媽，帽子找到了。」我將帽子抱在懷裡，用臉頰磨蹭了一會兒，聞著母親的味道。確實是母親令人懷念的味道。

在意識不明的狀況下度過了五天，母親從加護病房轉到了一般病房。雖然是一人一間的單獨病房，但狹小的房間裡，機器反而讓母親和我的距離更加遙遠。我不想讓母親孤單一人待在這種地方，於是隔天拜託護士將母親移到護士站的玻璃能望見的地方。

會面時間變得自由沒有限制，我又開始每天去探望母親。我讓母親穿上她喜愛的五趾襪，「這麼一來就不會冷了吧。」

院子裡的水仙綻放，我帶了一束過去，放在母親的面前，像風一樣輕輕地擺動讓她聞。「很香吧？今天也開滿了整片喔！」

母親到底去了哪裡？是躺在床上還是在天花板看著，或是在夢裡……我摸著母親的髮絲，每天都很懊悔。我跟她道歉，不應該總是對她那麼兇，現在我對著她說了幾十倍的「謝謝」。

「謝謝」是個魔法的詞彙，如果是打從心裡這麼認爲，會讓人不知不覺湧起一股溫暖。在一個人開著車從醫院回家的途中，讓我的心情安穩了不少。

母親的樣子看似安定，但每天依然必須靠機器吸出好幾次痰，這讓她痛苦萬分，每次吸完痰都讓她臉上滿是淚水。我擦拭著母親臉上的淚水，對她說，「很痛苦吧，我知道。」

「如果我一旦發生什麼意外，千萬不要使用機器延命。」母親時常這麼說。母親即使變得虛弱，依然努力自己呼吸。我爲了實現母親的願望，下定決心對醫生說：「醫師，能不能拔除她的呼吸管？」「這個嘛……」醫生只是這麼回答。

也只有家人能幫助母親了。

隔天早上，我接到醫院打來的電話，「現在狀態穩定，應該可以拔除呼吸管了，你覺得呢？」我毫不猶豫地回答：「請拔除。」因爲這是母親的意思。下午我去探望母親，母親身上沒有呼吸插管裝置，自己很努力地呼吸。昨天爲止母親浮腫的雙手終於消了，恢復平常的狀態。「那眞的很痛苦吧，太好了，可以拔除了。」身體是誠實的。

但是，呼吸裝置拔除後，嘴裡還是插了一些管子，我希望這些也能拔除。這些令人畏懼的管子讓母親的嘴唇裂開，總是滲著血絲。「這個能不能也拔除呢？」我又問主治醫師。「你饒了我吧，這可是違反醫療倫理的。」但母親的身體明顯訴說著痛苦，我就是無法控制自己不這麼想。

即使萬幸地恢復意識了，卻可能造成嚴重的後遺症，我眞的無法想像八十八歲年邁的母親要承受後遺症活下去。如果我是母親，肯定會希望中止延命措施。雖然無法詢問母親的心情，但我試著在和她一起生活的日子裡，從母親的個性和想法中探尋答案。

母親現在只給予電解質的水分而已。母親靠水分活了十六天。

縱使心裡認爲這是好的決定，但什麼都不做讓母親死去的罪惡感卻也苛責著我。「媽，我這麼決定是對的吧？沒有錯吧？」我不知問了多少遍。

就像我總是誠實面對自己一樣，母親也總是對我說：「你總是認爲自己是正確的，不是這樣的，你得好好聽別人說話。」我想母親最後仍想教我這件事。

我的工作是唱歌，即使母親處於這種狀態，我還是無法取消已決定的演唱會。「媽，明天開始的三天我無法到醫院來看你。在演唱會結束的三天內，你一定要撐過去喔，拜託你了。」

我向母親懇求後離開醫院，之後到醫院探望的弟弟打了電話來告訴我，「媽的血壓下降中，或許撐不過今天。」我抱著母親的照片再次懇求，「媽，請你再努力三天！因爲我很想唱完。」或許我眞的是個任性的女兒，但母親是讓我能繼續做音樂的最大精神支柱。我沒來由地確信，母親肯定能聽到我的歌。

母親努力撐過了三天，在演唱會結束的隔天早上嚥下了最後一口氣。

我想母親真正死去的時間，是在演唱會結束的晚上九點左右，因為我突然感到胸口一陣苦痛，從內心深處咳個不停。演唱會結束後我回到家裡，趁空檔休息打盹時，接到醫院來的電話。

把耳朵靠到母親的胸口，已感受不到呼吸和心跳。觸摸她的腳，讓人無法聯想這是三天前摸到的腳，瘦到只剩下皮和骨頭。肯定是聽到我的懇求，用盡了所有的力氣吧。

我的一位老朋友、整體師三枝龍生先生說，我和母親度過緊密的二十天「都是必要的時間」。他在母親昏倒之前來到我家，擁抱了母親。母親心情十分愉悅，「啊，竟然有男性擁抱我，真是太令人開心了！」母親肯定是借用了三枝先生和我的能量才出發了吧。「能努力到這個程度，想必是借用了我們的能量度過了三途之河。」因為之後我和三枝先生都相繼病倒了。

母親送回到家裡，過了守夜，交由納棺師湯灌。湯灌即是洗淨身體，同時也將塵世的煩惱洗掉。將「逆水」※從腳下往上，淋至胸前，就像一條線般的水流，最後在鎖骨部位往左右兩側然後結束。頭髮也洗淨，最後敷完臉，再上淡淡的妝，指甲也修剪整齊，全身變得乾淨整潔。

隔了一天，葬禮結束，我又因爲演唱會而飛往高松。三天什麼都無法進食的狀態下，居然能順利撐完演唱會，我不得不認爲肯定是母親在暗中保祐。

沒有母親的家，就像熄了火般寒冷難耐，但也只能接受事實。回想過去，母親從不曾跟我說過「還不結婚」或是「想抱孫子」的話，是個想法開明無拘無束的人。我的聲音也是遺傳自母親，母親也喜歡唱歌，來到葉山後母親開始學習日本畫，家裡裝飾了許多母親的畫作。

我認爲自己此生過得無憾，但「總有一天」想爲母親做的事卻還有很多，這一切都無法實現了。

母親去世後，我感到寂寞悵然，不論是在開車，在市場買東西，都會突然無法控制地流下淚水。

失去父母親後才第一次察覺自己長大了。雖然早就是成人了，但我卻一直是母

※譯註：將熱水倒入冷水中，以溫水洗淨死者的身體。

親的孩子，在失去母親後才眞正成爲大人。

像太陽般存在身邊，連繫家人的重要力量，無可取代的愛情。母親是連繫生命的重要牽絆啊！

媽媽，永別了。

二〇一二年三月

只有野貓和我的家

有些事，失去後才能眞正體會。現在的我，每天都懷著這樣的感覺活著。站在別人的立場思考或是感同身受一事，眞的非得自己也有親身的經歷才有辦法體會箇中滋味。此刻我才明白，我將此教誨謹記於心。

母親走後一個月，父親也跟著過世。雙親突然相繼過世，讓我現在還有一種為什麼兩個人都不在的錯覺。還在世時，有時讀著書，有時和朋友通電話的兩人，這會兒突然看到他們的遺骨並排在眼前，有一種不眞實的感覺。

他們到底去哪裡了……

父親生前，我曾和他談論過人死後會到哪裡，我認為，「肉體只是靈魂的暫時寄宿之處，在失去肉體後，靈魂應該有它應該前往的地方，會變得更自由吧。」但父親卻說：「不，人死後所有一切都會化為烏有。」聽不進我說的話。

曾參加特攻隊作戰出擊、被格拉曼軍機擊落的父親，在德之島獲救而逃過死劫，活了下來。父親死後，我整理著父親的遺物時，找到這樣的一段話：「死亡就是永遠的虛無，在參加特攻隊出擊時，我放棄一切念頭，至今依然不曾改變過。」

當時一起面對死亡的許多戰友，都在父親的面前眼睜睜地死去。到現在我才發現，父親誠實地面對當時的感覺，戰後也一直抱著這樣的心情活下去。

而如我在父親的遺骨面前說：「你是否正前往沖繩海邊，去見以前的戰友了呢？」這些話只不過是安慰了仍活著的人，從這個世上消失眞的就是「虛無」，完全地消失了啊。

父親說的沒錯，即使有靈魂，死亡仍意味著今生所有的夢想和希望都化爲烏有了。

這幾年爲父母親準備晚餐是我的職責，雖然覺得麻煩，現在卻經常想起以前邊想著父母喜歡的東西、邊在市場東看西看購買食材的日子。

現在買東西只爲了自己。即使只有一個人，每天依然得好好地做菜吃飯。明明只有一個人，還是時常在買東西時不自覺地拿了父親或母親喜歡的食材，然後又靜靜地把它放回去。那一刻，悲傷總是又悄悄地溜回來。

這種空虛感什麼時候才會消失？我問也同樣遭遇雙親前後離開的朋友，對方的回答是，「可能永遠都不會消失吧。」

有人每天得和別人說話才能過日子，我倒是相反，在東京租房子時，我時常一週沒和任何人見面也無所謂。或許是因爲心裡知道只要回到葉山，那裡就有我的家人吧。現在在家裡工作，不和人見面的日子，似乎暫時會持續下去。

更糟的是，以前家人在時沒看到的東西，現在都跑出來了，所以我不斷地掃除。我以前明明覺得有點塵埃又不會讓人死掉，不必每天都打掃。

用吸塵器吸完地板，再拿抹布擦柱子，感覺就好像要抹去父母親還在的影子般。

兩人相繼去世的第一個月，我甚至開著電燈睡覺。半夜一有什麼動靜，我會立即醒來。現在在家的時候，也會緊閉著雨窗睡覺，原來自己比想像中的膽小。

當父母親還在世時，我曾想過當父母不在時要怎麼改變家裡的配置，但當父母眞的走了，我卻反而將父親的房間和母親的房間保留原狀。雖然整理過，但就是沒有心情在裡面自由地活動。我此時才明白，失去親人的人原來都抱著這般的心情吧。

院子裡的野貓生了三隻小貓，在小貓才剛被養育長大時，母貓不知去向，這三隻小貓又馬上懷孕了。

原來三隻都是母貓啊。但其中一隻在家前面的道路被車撞死了，剩下的兩隻在我爲牠們做的院子裡的小屋生下小貓。能說話的對象只剩下這些貓了，有總比沒有好吧。

我偷看小屋內，總共生了五隻，另一個小屋呢？一看也是五隻！怎麼辦，一下子有這麼多貓。加上兩隻母貓，共十二隻的大家族。

我喚其中一隻爲小白，小白的貓屋還滿大的，「最弱的貓」（奇怪的名字）的小屋則比較小。因此每當最弱的貓外出時，小貓也會一起滾出屋外，牠只好慌張地把眼睛尚未張開的小貓再推回小屋裡。

這附近有兩隻強悍的公貓，住在這附近的人都知道，也擅自爲牠們取了名字。這兩隻公貓經常互鬥，前幾天在我家院子裡狠鬥，我用水注把牠們趕跑。逃到前面農地的兩隻貓互相叫囂，扭成了一團，把好不容易長大的馬鈴薯田搞得亂七八糟。

這附近的野貓很幸福，因爲隨時都有人在各處爲牠們準備貓食。

每天早上餵貓時，我都會偷窺小白偌大的小屋裡的小貓咪。像毛球一樣的小貓像吹氣般一天天變大。

當眼睛張開後，開始會爬到小屋外，身爲母親的貓似乎非常在意。

但今天一看小白的小屋裡，只剩下一隻小貓蹲在裡面，空空盪盪的。「怎麼了，大家都去哪了？把你一個人留在這裡喔？」

我在家裡持續觀察，小白母親回來了。邊嗚嗚叫呼喚著小貓進了貓屋，把剩下的一隻小貓叼在嘴上，消失在住家後方的置物間的隙縫裡。原來是搬家啊⋯⋯。

幾年前從野貓變成了家貓的小錦有一天突然失蹤了，我像母親一樣在附近找了又找，但牠還是沒有回來，當時的我每天都很難過。

雖然一個人很寂寞，但要養十二隻貓怎麼想都是不可能的啊。希望每一隻貓在不久後都能找到各自安身立命的地方。當我這麼想時，最弱的貓的五隻小貓也不見了。母貓還在院子裡熟睡著⋯⋯「你把小貓帶去哪了？」我問母貓，牠也只是喵了一聲。接著後方置物間裡，長大的小白生的小貓也開始跑到院子裡玩耍，宛如五隻黑白小貓的運動會，一下子掉到水筒裡，一下子被夾在盆栽當中，一下子打翻了飼料碗⋯⋯

某一天的下午，後面的置物間突然沒有了小貓的蹤影，只剩下不知從哪裡回來的小白喵喵地叫，嘴裡叼著爬出來的小貓，小心翼翼的不知要往哪裡去。

原來是小白第二次搬家。不知道牠要搬去哪裡，因爲這附近有好多置物間。

庭院的角落原本放著睡蓮，用馬口鐵做成的水桶翻了過來。咦！突然出現了小貓的臉，原來是搬到這裡了嗎？

今天肯定會把牠們帶到其他地方吧，這麼一來大家都離開了……是這樣嗎？

但當我正打掃著小貓已搬走的置物間時，最弱的貓生的小貓卻從雜物的間隙中露出臉看著我。原來啊，應該是住不下了，小白才把小貓叼出屋外是吧。小白原來是個神經質的母親，最弱的貓則是粗線條的母親啊。不管小白的小貓在不在這裡，拜託也讓我的孩子住在這裡吧？

這麼一來，我也得替小白的孩子蓋個住處才行。找出閒置的巨大陶瓦的植物盆，把它橫向疊放，上面朝著牆壁，在屋簷下並排，只留下小貓能夠進出的間隙。這樣應該可以吧，雖然不知道貓的感覺如何。

光是關心貓的去向也不是辦法。不論是否有蜘蛛的窩、堆積的落葉、蝨子或蚊子四處飛，都不管了。

看著野生的生物，就會湧起不得不工作的心情。雖然牠們也吃放置的飼料，但也會捕捉院子裡的什麼來進食。人也是不吃就無法活下去，但除此之外，到底有多少東西是必要的呢？

三一一地震後，我和大家一樣，工作停擺了好一陣子。當時曾經有過工作上的往來、住在札幌的朋友邀請我和大家一起用餐，那時我才發現自己好幾週沒笑過了。笑比什麼都還能獲得力量，心靈枯萎眞是太可怕的一件事。

我想關西和九州肯定也和札幌一樣，氣氛和關東全然不同吧。待在這裡或許能稍微恢復。

於是我在札幌租了房子。雖然去年就租了，但今年因爲父母親的事，完全沒能去住。

我把睡袋和一些隨身物品寄給札幌的朋友，請對方幫我放到屋子裡。

「你的東西我放到你的住處了。但在這裡以睡袋度日也太可憐了，我把家裡的簡易床鋪也拿到你家了。」我收到對方的聯絡，眞的非常感謝。

前幾天，我自己寄的桌子和椅子終於送到札幌了，什麼都沒有的房子裡，終於變成可以生活的狀態。當初租屋時還覆蓋著白雪的宮之森林和藻岩山也完全變成初夏的青綠。

當我拆著行李望著窗外，眼淚突然落了下來。

現在距離我的故鄉東京很遙遠。對我來說，東京已變成無法安心快樂創作的地方，以前錄音的工作室也幾乎都不存在了。

當我跟札幌的朋友說我搬來住了，大家都替我開心。

人眞是不可思議的動物，明明腦袋不這麼想，身體卻被一股衝動引導而行動。雖然我並非做事衝動的個性，但我一半的身體似乎決定要住在這裡。從窗戶往外望的風景一點都不熟悉，但答案似乎要到未來才能知道吧。

每個月去一次札幌，朋友一下子增加了。

以前的東京總有很多不同職業的人聚集的店，是邂逅的好地點，但那樣的時代似乎已經不再。那些地點是小小的社交場所，曾幾何時這樣的氣氛消失殆盡。反而是現在的札幌，可以找回已經被遺忘的許多重要的邂逅。

爲什麼是札幌呢？只能說有緣吧。

爲了活得更自我，我只能像野貓一樣持續四處遷徙吧。

五月的晴朗天候，在秋田插完秧、種完稻後，我爲了參加新成立的農業社群再度飛到札幌。令我驚訝的是，參加者當中竟然有很多年輕人。

生產者的農業、加工者的農業、販賣者的農業、做料理的農業，再加上購買飲用的農業。社群的目標和大規模的農業生產不同，追求的是手作農業，也就是很多人參與的「新農業型態」，而且正迅速擴充中。

農業雖然不是休閒式的輕鬆工作，但不限於和土地奮鬥的農人，與農業相關的職業方式其實很多樣。

自己不愛的事，肯定無法持續下去。對我來說，我一直持續做的是和大自然的連繫，這是我最看重的事，也是讓我安心的事。

今天在做晚飯時，壁虎依然來到葉山的廚房。吸在窗上的白色肚子和小小的手是母親的最愛。我趕緊拿出母親的照片，讓她看看壁虎的模樣。

「媽，你的小情人今年也來囉！是你最愛的壁虎小哥喔，很可愛吧～」

爲了父母而蓋的房子，在這裡一起住了二十五年。壁虎也愛上了這個家，一起在這裡生活了好幾個世代吧。就像壁虎一樣，我也要守護這個家。但父母給了我自由，母親知道這小小的自由對我來說是大大的自由。

雖然心裡還是不時會出現爲什麼兩個人一起走了的念頭，卻也聽到父母的聲音在我耳邊響起，「自在地過你想要的生活吧！」

二〇一二年六月

迎接、送往

在暮色微暗的庭院裡，我在淺碟上放了乾麻莖，點燃火苗。乾麻莖冒出的冉冉升煙，被風吹散在空中。

每年由母親負責的祭祖儀式，今年由我一個人實行。和母親一起焚香祭祖的習慣，宛如昨日。

今年的新盆是我迎送父母親的特別日子，我準備了蔬菜、水果、酒和甜點，還有父親喜歡的紅豆麵包以及清淡的麵線等祭拜父母親。

原本在東京入谷的祖墳，好幾年前因緣分移到了葉山的寺院。爬上隨著季節遞嬗開滿了山茶花或繡球花的山路，到達母親自己選定的墓園。

「這裡風景好，所以選了這裡。但如果年紀再大些，可能會爬不動呢。」母親這麼說。正因爲如此，最近幾年的掃墓成了我的責任。

在祖墳遷移後不久，我飼養的狗走了。這個寺院也有動物的墓園，於是傑克成爲第一個下葬在此墓園的家人。朋友說，「這叫作開路，是好事啊。」

在祖先的墓前上香時，我也一定會到動物的墓前點香。「傑克，我又來看你了喔！」我總是這麼跟牠說。每次來都增加了新的牌位和小狗小貓的照片，可以感受到把動物當成家人的人對死去的家庭成員的滿滿思念。

至少今年一整年，希望墓前每天都有花，於是我每隔十天就帶著鮮花去替換。我想這是我對父母的心意。雖然每天我都會在家裡父母的牌位前上香，但去到墓園讓我感覺更貼近父母。這是爲什麼呢？或許即使靈魂不知道去了哪裡，但肉體一部分的骨頭至少埋在此處。

迎接第一個盂蘭盆節，邊擦汗邊往上爬，看到有人在墓前雙手闔十。我一時之間嚇了一跳，走近一看原來是鄰居的千佳小姐。

「啊，原來是千佳啊，謝謝你專程來上香。」

「沒有啦，因爲我家的祖墳也在這裡。」千佳和我一樣滿身大汗。我們兩人邊把因流汗貼在臉頰的頭髮盤起邊笑著說：「好熱啊！」

「千佳，你也替我帶了花來啊。眞謝謝你。和我的花一起放在花瓶裡喔。」

花瓶頓時升級成豪華版。

對於我突然剩下隻身一人，鄰居都很擔心。在我外出沒多久回家時，會跟我說：「這裡沒有什麼改變，你別擔心。」換句話說，他們會幫我看家。替我餵院子裡的野貓的人，也寫了紙條放在我的信箱裡，「小貓都很健康喔。」我跟父母親報告著每天的事，就像父母至今依然活著，像往常一樣和他們說話。在說著這些日常生活的瑣事時，是很快樂的。

當淺盤裡的乾麻莖都燒成灰，餘燼也被風吹熄。我慌張地用另一個淺盤當蓋子蓋住，因爲想起母親時常叮嚀我，「要小心火燭啊！」

雖然不知道父母是否乘著馬車來，或乘著牛車回到不知名之處，但我希望他們毫不迷途地回去。我茫然望著已完全變暗的天空。

在新盆送走了父母的隔天，我又前往去年在札幌租的房子。連往常過了盂蘭盆節就會變涼的札幌，今年也盡是超過三十度的酷熱夏日，更別提房間的濕度很高。以前大家都說「夏天的北海道最涼爽」，但看來氣候也漸漸有了變化。北海道的米也很美味，隨著氣候的變化產地也開始移動。

天氣還很熱，但早晨的空氣卻很清澈，不像關東的熱帶夜晚讓人難以入睡。

我租的圓山公園附近的公寓是面向西南的邊間，從八樓的窗戶可以看見褪去冬日衣裳、換上新綠的夏日宮之森林和藻岩山。對於從小生長在東京的我，一望出去就能看到山的風景，實在不習慣。因此視野中總是有一抹無法安心的感覺提醒著我，啊，原來我現在住在不同的地方啊。

每個月在札幌待上一週甚至十天，每次來到札幌又多了許多熟識的人。我問，「札幌的人眞的都很友善對吧。」每個人都回答我：「因爲大家都是從好幾個世代前就移居來到這裡的人吧。」

目前爲止我遇到的人，沒有一個人會對人懷有戒心，而且每到傍晚肯定有人會打電話給我，「今晚有空嗎？」邀我一起晚餐。

接到邀約的我當然很開心，於是前往赴約。吃飯一定會有酒，每晚飲酒作樂，不知不覺就懶得回到葉山的住處。最近我終於體認到自己的生活步調亂了，這樣下去不行啊，身體會受不了。

我刻意把自己想接受邀約的心情壓抑下來，在公寓裡自己做菜，但廚房的用具不齊。以前待在紐約一段日子時，我問朋友：「住在這裡的人每晚都吃些什麼啊？」得到的回答是：「不就是義大利麵嗎？」之後雖然沒有確認，不知道是眞是假，但義大利麵確實很容易做，和日式料理比起來，不需要太多道具。雖然只要都買一套就行了，但想到葉山的家裡有著像山一樣多的廚房道具，就覺得太浪費。

我自作聰明，想以麵線取代義大利麵，於是開始煮麵，用水沖，然後倒了麵汁，切香辛料，配薑末吧……啊！沒有磨薑器。就像這樣，每天總是少了什麼。

在漸漸熟悉了新的環境後，最近公寓一旁卻開始了新的建築工程。正因爲這個公寓沒有遮敝物，視線良好，我才決定租下來，沒想到還是失算。札幌似乎也處於新公寓建案的尖峰期。從一早九點就開始施工，噪音大到連窗子都無法打開。房間裡就像蒸氣浴般悶熱。

我和房屋仲介商聯絡，告訴他：「實在太吵了，我根本連窗子都沒辦法開，我要搬家！」負責的人只是低姿態的回答：「對不起。眞的喔，每天霹靂啪啦的聲響，肯定很吵吧，眞的很抱歉。」合約上規定如住不滿一年押金兩個月只能收回一個月分，但這種狀況下實在無法再住下去，對方也理解，總之又得搬家。

條件是不吵雜的地方。住在這裡的朋友大家都住在靠山處，他們也幫我在「宮之森林」近處找，立即找到了好住處。

朋友開車帶我去看，是個可以眺望札幌市區的安靜地點。我冬天也來過札幌好幾次，但冬天卻不曾住過札幌。這個斜坡……冬天走得上去嗎？

「住這裡沒有車子無法去買東西吧！」

「嗯，看來車子是必備品。你知道在雪地怎麼走路嗎？」朋友問我。

「我沒有走過，是要一步步踏穩慢步嗎？」

「這裡的人其實是用滑的，就像企鵝一樣。」

「用滑的啊……」

「關東每次一下雪，電視都會報導，這裡的人都覺得很好笑，為什麼會在那樣的地方滑倒啊。」

我的心情突然變得不安。先不管外觀如何，看來我似乎得買個備有堅固四輪的驅動車……朋友似乎看穿了我的心思，笑著說：「你不必擔心啦，如果真的無法出門，我會送食物來給你的。」

我打算搬去的地方是越過宮之森林的山後、名為小別澤的地區，以前是真的得翻過山才能抵達的地區，現在因為有了小別澤墜道，交通便利多了。那裡是新市街整頓區，從事農作的人在這裡經營著各式各樣的農園。

每到札幌我一定會光顧位於西區西野的自然食品農場「眞幌場」就位在小別澤，和「眞幌場」的老闆夫婦變成朋友後，還曾去幫忙除了兩次草。每次結束後，他們都送我一堆蔬菜，在札幌停留期間，我根本不需要買菜。

我不喜歡住高樓大廈，因爲無法耐受不和大地接觸的生活。住在超過三樓高的地方就無法安心入睡，感覺就像一直懸在半空中。

在有緣的農地一旁找到新的公寓，雖有種不可思議的感覺，但對我來說新地方的事物快速地展開，好像有什麼在暗中引導著。我不知道之後會有什麼等著我，但以年齡來看，我人生的第二扇門似乎開啓了，讓我帶著些許雀躍的心情。

在這樣的心情和想法之中，今天我的行動電話又響了。「現在可以出來嗎？」在床上翻來覆去的我，在夜晚十點，決定應邀出門。

札幌有很多小巧又貼心的店，我們在其中一家邊喝著葡萄酒熱鬧開心地交談，說著盂蘭盆節的事。

「盂蘭盆節，你們做了迎接祖先的準備了嗎？焚乾麻莖，把茄子和小黃瓜做成馬和牛……」我問道。

「茄子和小黃瓜？乾麻莖？」

「這是迎接祖先必備的吧？」

「什麼是乾麻莖？」

我大爲訝異，原來店家和札幌的朋友在盂蘭盆節時，都只到墓前雙手合十而已。

這都只是身邊的人的習慣，我不知道是否全北海道皆是如此，但盂蘭盆節完全沒有特別的祭祖習俗，這眞是文化衝擊！

回溯到遠古，「盂蘭盆」原本來自梵語的「Urambana」，將其發音以漢字來書寫，迎接祖先的方式也因地域和宗派而異。大規模的送往祭拜以京都的大文字焚燒爲代表，聽說淨土眞宗則是沒有特別儀式的低調作法。

我認爲，移居到札幌的好幾世代前的人，應該有供養祖先的特別日子吧，我又問了住在小樽的朋友。

「開拓當時的困苦，我想是遠遠超過我們的想像。孩子即使生下來，不久後卻夭折。這些世世代代先祖的名字，現在依然被刻印在墓石背後。」

我的確讀過這些開拓的歷史。祖先和死去的先人不必再經歷苦難，順利地成佛，這樣的心意在祭祖時才是最重要的，因此不必拘泥什麼形式也是可以理解的。

即使如此，已在生活裡紮下根的習慣，突然要和他們一樣，實在有困難。無法把習俗乾脆地捨去，我想或許是自己對祖先的敬愛之念吧。如果將來我在北海道定居，我想我還是會做茄子馬和小黃瓜牛，再焚上乾麻莖來迎接祖先吧。

二〇一二年九月

在高野山唱歌

第一次到高野山已經是二十年前的事了，當時從白雪殘留的參道走到裡面寺院的記憶依然猶新。

這次受到「思考高野山之『食』陶土器皿展」的主辦單位的邀約，讓我有機會再次前往。

展出器皿展的三寶院開設於承和年間，當時由於弘法大師（空海）的母親思慕兒子，於是便住在高野山山腳下的九度山慈尊院，這就是三寶院建立之始。後來大師的母親死去，三寶院被移到高野山上，最後被遷至後方院子附近的蓮花谷，直到現在。建造於元祿八年（西元一六九五年），是間樣式莊嚴的古剎。

在樹木包圍的庭院裡，渠引山間水注入水池，池上漂浮著被吹落的紅葉，濃密的秋日氣息，山泉水靜靜地流過。「澄淨如鏡之水面，盡收萬像落影」。澄澈潔淨的水面上，映照出萬物的倒影。這句話即出自空海。

完美的襖繪和磨亮的走廊，此處應該也是當時僧侶住宿之地吧，偌大的空間裡寒氣逼人，是別的地方沒有的特殊氛圍。

抵達高野山的總出入「大門」時，剛好太陽開始西沉，大門在夕陽照映下呈現宛如炙熱燃燒的火紅色。即使站在此地，望著眼前層層疊疊的山巒，也很難將空海以此地作爲眞言密宗修行道場的八一六年和現在重疊。但大家還是希望到大師的身邊祈福，從全國各地來到這裡參拜的人才會絡繹不絕吧。

通往裡面庭院約延續兩公里的參道，兩側並排著超過二十萬座的墓石（供奉塔），這裡可說是世界最大的墓地。還可以看到生前敵對的知名武將的墓碑，換言之，高野山的胸襟寬大，同時包容接納了一切。

在前往內部庭院時，剛好目睹一群僧侶正在搬運給弘法大師的飲食，此飲食被稱爲生身供。偶然目睹符合「食」之器皿展的這一幕，大家都由衷地感到欣慰。

負責弘法大師飲食的是被稱爲行法師的僧侶，主要是避開肉和魚等動物性食材的精進料理。

以前的高野山由於處於聖與俗之間，禁止培育任何的農作物。但要從山下將食材運到山上卻非易事，於是產生了一種「雜事登」的作法。住在山腳下的人會把自己收成的農作物放在籃子裡，掛在自家的門前，讓準備去參拜的人經過時能把它運送到高野山，因為人們相信這麼做會帶來好運。

不論是提供食材的人或是收到食材的僧侶，雙方皆能獲得幸福。與其說是單純的素食，不如說充滿了對高野山的思慕之情，同時也是精神的糧食。因此，現在的高野山依然沒有像市場的地方。

在受到關照的三寶院裡，吃了早餐和精進料理。原本我在家裡的飲食也很接近素食，因此對我來說，很感激這樣的餐飲安排。

說起高野山就讓人想到知名的芝麻豆腐，在三寶院裡吃到的芝麻豆腐比外面的大城市賣的豆腐更滑溜入口。和我家附近販賣的、裝在塑膠小容器裡、有點硬的口感完全不同，十分美味，淋上一點辣味醬油後享用，風味絕佳。

在三寶院用餐時，在住持的勸誘下，喝了不少酒。

高野山在每年舊曆的三月二十一日的前一天晚上，會供奉「摘木之酒」給開山堂，摘木之名即是來自空海的母親玉依御前。負擔此任務的就是三寶院。

高野山因為禁止女人上山，連空海的母親也不得其入，只能在之前提過的高野山山麓的慈尊院生活。空海每個月至少會下山九次去探望母親。母親知道空海為修行之身，態度嚴謹，於是以手指一粒一粒剝開種籽皮造酒，送給空海。這就是「摘木之酒」的由來。

三寶院的門前掛著一對提燈，其中一個畫著「×」的圖案。怎麼看都是一個大叉叉的標誌，在當時卻是一種前衛的摩登圖案。三寶院是福島二本松藩主・丹羽家的菩提寺，「×」代表兩株松樹交叉的圖案。此酒就是由二本松市的大七釀酒廠生產的。

五月中旬，丹生都比賣神社的飛鷹住持們會自己插稻秧，十月會在神社的戶外田野收割當成製酒的稻穗，釀酒的水則使用流經內院的祈禱水澤的水。

大七酒造的太田先生說，不知爲什麼，使用內院的水的釀酒樽，發釀地異常活躍。通常不太會發酵的低溫時節，發酵作用依然毫不減弱。

讓人不得不認爲酒是活生生的東西，不能小看「氣」這種力量。

此「玉依御前」是令人驚豔的美酒，讓人一杯接一杯下肚。不論喝再多隔天都不會宿醉頭痛。

每晚和住持交杯的快樂晚宴結束，到了深晚，和前幾天人稱阿闍梨的飛鷹全法先生談論著高野山的種種。

全法先生是一般人，後來才入佛門，讀東大法學部後直升研究所，進入高野山大學密教文化研究所，因緣際會和住持的女兒結婚，入贅佛法之家。在得佛之前曾在科技相關的公司工作，後來才進入高野山侍奉，因此對俗世社會和音樂都很熟悉。

幾天後，我也和負責高野山佛門事務的年輕世代見了面，高野山有個國際部，盡是優秀的人材，卻沒有採取現代化的作風來經營高野山，而是企圖將原本空海的教誨好好地傳播擴散出去。

「思源而為」。我想這是弘法大師萬物回歸原點的思想。

全法被導往「祈福之場」的人生志向，我想不是偶然的，而是空海的導引吧。

隔天早上五點半，我在「早安」的廣播聲中醒來。六點開始本堂的「早課」約一個半小時，如全法所說，這麼嚴謹的作法除了高野山，找不到第二個地方了吧。

三寶院每年在中秋月圓之日會舉辦「音樂曼陀羅」的音樂會，在住持飛鷹全隆的發願下，悼念阪神淡路大地震死去的人的靈魂，以真言宗的佛教音樂及聲明，結合藝術家的演出，於二〇〇二年正式展開。

二〇一一年，為東日本大地震死去的受難者祈福，舉辦的副標為「獻給所有在天空之靈」，願所有靈魂受到慰藉，得以安息。

今年我接到邀請，當時距音樂會預定日期只剩兩個星期。考量到一起演出的演奏家的行程，雖明知難度很高，還是決定放手一試。

不論是什麼事，無法成行的事就是沒有緣分，我一向抱著這樣的想法，因此最近對於這種突然的邀約也不再苦惱了。即使只有幾天的空檔，就讓演奏會成眞吧。

秋錦、紅葉，再加上鮮明的深紅，美到讓人屛息。眾神居住的險峻山巒，空氣凜冽澄澈，有緣能在三寶院唱歌，天時地利人和萬事具備，眞的很幸運。

表演本來就有著奉獻的意思，我長久以來也是以這樣的心情在演唱。歌是聲音，也是樂器，有時結合天地，傳達給眾人。

任何人都可以唱歌，當認眞面對歌聲，就能體會心變得自由的瞬間。磨練敏感度，就是所謂的表演藝術，這是不能忘的根本要素。

演唱會由僧侶面對著畫著弘法大師身影的掛軸畫誦讀聲明展開序幕，這樣的演唱會對我來說是頭一遭，聲明有著獨特的音階，令人眼睛爲之一亮。

「眞言是不可思議之物」。眞言就是眞理之語，也稱爲陀羅尼，其一字一句都包含著千萬的眞理。

之後，我加上自己獨創的心情，爲悼念東北受災地，演唱了宮澤賢治所寫的〈牧歌〉和〈繁星之歌〉。

最後和賓客一起合唱弘法大師所作的〈伊呂波歌〉作爲結束。

不可思議的空間。金箔的襖繪包圍的榻榻米的大廳。從遠古時代連繫著現今的時空感。我最近愈來愈喜歡在不是演唱廳的地方唱歌。

坐在偌大的簷廊，眺望著庭院。黃昏的斜長夕陽延展至腳下，感到一股暖意。坐著讓人不自覺得打起盹。很寧靜。很少有這麼靜謐的時空。

從淺眠中突然張開眼睛，玻璃門外的楓葉上纏繞著蜘蛛網，細絲閃爍著光芒，在朦朧中我再度沉入夢鄉。

密教是大日如來傳頌宇宙根本的秘密教義，其深遠的教義據說是一般的語言無法理解的世界。因此將印結合身體，口裡唱頌眞言，心裡念佛。

平成二十七年，三年後的二〇一五年，高野山將迎接開創一二〇〇年的紀念大法會。

二〇一二年十二月

等待春天

冬天，當樹葉幾乎凋落，院子也失去色彩時，只有水仙花還一朵接一朵綻放。水仙是母親朋友送的株苗，經過十年現已長滿了院子各處，花團欉開。

起初，當花朵凋落後，我就將枯葉剪掉，沒想到隔年只開了零星幾朵，剎爲寂寥。原本以爲是肥料太少，幾年反覆同樣的風景，有一天鄰居才告訴我「水仙的枯枝葉放著不要管它就好，不能把它剪掉。」

原來不順利是有原因的，這些環節都被我忽略，實在沒資格成爲種花的人。

枯掉的葉子如果放任不管，就會變成茶色並慢慢擴散，於是我總是用麻繩將揪成一團的枯枝葉綁好，做成一把蔥的形狀。枯掉的葉子往往分散夾雜在各處，要把它們全部綁在一起並非易事。花了兩天的時間終於完成了這項工作，我眺望院子，眼前竟然並排著四十公分高的綠色柱子。

經過好幾年，水仙的莖幹變枯變小，最後終於細到看不見。在連續的嚴冬裡，意外發現竟然又冒出好幾株新芽。

好不容易開花的水仙，卻因爲罕見的關東大雪，被白雪重壓著。我把幾乎快折斷的莖幹摘下，放在父母的牌位前，也分送給鄰居及來訪的朋友。水仙的香氣讓人感覺到春天的氣息，一股淡淡柔和的花香。

今年的冬天很冷。除了我經常待的茶水間外，其他的房間都冰冷寒凍。因爲省電的關係，我把不使用的房間的電氣和暖氣都關掉了。特別寒凍的夜裡，我用燈油暖爐加上水壺溫暖寢室。等嗶嗶地燒開熱水後，把熱水倒入陶磁的水龜裡。接著把熱熱的水龜放入綿布的袋子，以不用的暖腹帶包住。以前會直接將它放在腳邊入睡，結果造成低溫燙傷，所以現在以暖腹帶包住。

以前在自己的房間工作，現在則把電腦搬到茶水起居間，把這裡當成工作室。因爲離廚房很近，要泡咖啡或拿零食都很方便，宅配送貨員按鈴也能聽到對講機的聲音。於是茶水間變成我的工作房，四周開始堆了愈來愈多的東西。

父母相繼過世已經過了一年，度過了一段很長的無法接受事實的日子，現在總算能夠和哭喪的自己告別了。

我打算開始整理父母的遺物，把父親和母親房間收納櫃和書櫃裡的東西拿出來後，就堆在一旁。利用工作空檔慢慢把不要的東西處理掉，但還是無法乾脆地全部丟掉，散落一地的東西也變成我的壓力。

最先處理完衣物，父親的文件和古老照片以及已經絕版的書全都還未動手。還有母親每天持續書寫的日記，或許是記錄了日常種種，讓我遲疑一直沒有勇氣打開來看。

「畢竟不是你的東西。乾脆全丟了吧？」似乎有個聲音這麼對我說。

我寫信給好友，「變成隻身一人時，不知道自己是爲了誰而活。在平淡的每一個日子裡，我現在才體會到，父母親的存在＝家族，是我活下去的動力來源。」和我一樣最近幾年父母雙亡的朋友果然回我：「我有時也有想去另一個世界見父母的念頭，子女果然是照父母親的設計圖長大的啊！」

剩下一個人之後，房子變得太大，房間也過多。屋子裡外充滿著太多回憶的感傷，同時卻也有我最愛的院子，和許多關心照顧我的鄰居，縱使曾興起移居的念頭，終究在這捨不得離去的空氣下一天度過一天。

有好一陣子沒到札幌租賃的房子了。「下次何時可以見面呢？」我收到好幾封詢問郵件。最近工作又變多了，實在抽不出空去。札幌那裡沒有鋼琴，我也沒將工作所需的東西帶去，只好留在這裡。

從宮之森林的住處可以走路到大倉山技競場，今年的冬天我絕對要去看跳台滑雪比賽！我明明很期待的，卻一直沒有機會去。雪祭也結束了，只好期待明年。

在札幌我甚至買了車，是本田的菲特（Fit）四輪驅動車，而且配備了雪國必需的大電池。雖是中古車，幾乎沒怎麼開過，是朋友替我在中古車市場找到的。公寓的停車場沒有屋簷，進入降雪的季節後，我不在的期間，很多朋友都會去幫我清除車上的積雪，替我發動車子確保電池能動。明明知道給大家添了很多麻煩，但大家仍親切地對我說：「這就是雪國啊，小事一樁，只是回家時順便繞過去而已。」

這樣下去也不是辦法，於是我讓替我找到車的朋友先開。那位朋友平常開的是英國車，「冬天菲特眞是太好用了！」他這麼說，一點也沒有對方給自己添麻煩的樣子。又有其他朋友寫信給我，「這就是北海道的風情畫，想成是和大自然的對話，其實還滿不賴的。」爲什麼大家都這麼親切，讓我感動萬分。

甚至有一天我收到消息，「爲了大貫小姐能移居札幌，我認識的房屋仲介商找到了好的物件了。」這些事自行發展，看來呑呑吐吐沒有動作的人只有我。

到了一月，我來到積了厚厚的雪的札幌，一位朋友陪著我買東西。我買了一雙靴子，下面還請店家替我貼了防滑墊，店員拿樣本給我看。

「想要哪一種呢？」

「請給我效果最好的。」

朋友說：「沒錯！就是這股勁，大貫小姐。」

於是，原本就是雪地用的靴子又貼了防滑墊。當天夜裡和大家一起吃晚飯，我把白天買的雪靴的鞋底拿給大家看。原本是想搏君一笑，沒想到大家竟認眞嚴肅的回答，「啊，這樣就沒問題了。」我這才明白，原來我對雪國的認識如此淺薄。

前幾天，我到去年秋天在札幌的藝森錄音間舉辦飲食和音樂的活動時、曾來擺攤的北歐雜貨店。確實是在這裡啊，明明記得是這棟大樓的，卻看不到店家。我懾手懾腳地走進原本是古老公寓的建物。

建築物的三樓被改建成店舖用的樓層，一家店舖約四坪大小，一個樓層約有四到五家店。從建築物的外觀絕對想像不到，像進入了愛莉絲夢遊仙境的世界。衣服、包包、咖啡廳等等，充滿了個性的店家毗鄰，每一家店都很吸引人。

我在其中一家店裡買了東西，是一家服飾店，工房位於山梨縣。布料和染色的工都很精緻，設計也很棒。價格雖然不便宜，但我還是買了襯衫和針織衫。

我也曾在長崎的出島見過同樣的店，東京以外的地方這類店家變多了。每家店都由年輕人經營。或許關於古老建築物的再利用，每個縣市都放寬規定了吧。提供大量生產又便宜的店家增加的同時，年輕世代也有人懷著志向，選擇一步一腳印創作自己的東西。

在像東京般房租這麼高的地方，不太可能這麼輕易就開店。因爲是長崎，因爲是札幌，才有可能出現如此令人驚豔的店家。

今後，我想盡力支援這些年輕世代的手作物品。

每個月去一次北方城鎮，每次積雪量都不斷增加。早晨五點左右外面就聽見轟轟的聲音，拉開窗簾由間隙往外看，原來是紅色的鏟雪車裝著燈正推著雪。

關東的朋友必定會問，「這麼冷，很難適應吧？」北海道的冷和關東的冷完全不同，宛如被放入冰箱裡突然急凍的啤酒，腦袋裡清冽得很，反而讓人感覺很舒服。替我保管車子的朋友對我說：「要用車的話，我開過去給妳。」我回答他：「沒關係，我想走路。」我學著企鵝，滑出小小的一步。

北海道的雪像粉一樣輕，就像走在太白粉上，發出嘎嘎聲。搭上巴士到圓山附近，再轉乘地下鐵。「要搭哪個方向才能到札幌市區啊……」我看著地圖邊記憶街景，這對我來說很新鮮。

買了幾天份的必需品，再踏著雪回到住處。夜雪將所有的聲音都吸光，被靜謐包圍肯定就是這種狀態吧。此平凡無奇的溫暖的靜謐時光，將我導引入沉沉的睡眠中。

關東已經刮起春天的第一場大風，雖然開心，卻也帶來了惱人的花粉。抱著院子裡開滿的水仙花當成伴手禮，我想早點把它送給札幌的春天。

二〇一三年三月

卸下行囊

很晚才吃晚餐，用完餐後我起身把碗盤拿到廚房流理台。在洗碗槽裡注滿了熱水，碗盤沉了下去。前幾天朋友的母親送我毛線做成的洗碗球，很好用，我非常喜歡。

「眞的可以收下嗎？」我問，「家裡有很多毛線，沒事邊看電視邊做了很多，妳不嫌棄的話就收下吧！」對方笑了。

粗粗的毛線加上凹凸的織節，拿在手上的大小也剛剛好。我曾在街上看到有人販賣這種洗碗的毛線球，心想這我可以自己做，所以沒買。這樣的日常道具，就算買了也會因爲不知道好不好用，結果只是擱置一旁。做了幾十年家事的人手做的東西，果然不一樣啊！

當天晚餐的料理沒有用到油，連洗碗劑都用不到就把碗盤洗得乾乾淨淨。不想汙染河川和大海，我改用廚房用的香皂，一塊幾乎可以用上一年，最後會碎成小塊。非得用洗碗精才能洗掉的油脂，想必對身體也不好。

用熱水洗碗後手都會變得乾燥，我邊塗著護手霜邊搓揉著手的四處，覺得愈來愈像母親的手。皮膚變薄，血管明顯浮出，和白皙的手差距甚遠，不適合指甲油，也不適合戒指的平凡雙手。

在家的工作時間一多時，我會一口氣買四、五天份的食材，用這些食材來做幾天份的菜色。早午餐是最充實的一餐，晚上會等工作告一段落後才進廚房。

腦袋一直運轉，是否就會讓飲食神經停止運作？打開冰箱，只是愣愣地看著，又關上。從葡萄酒架中拿出一瓶紅酒，注入玻璃杯裡，再打開冰箱拿出乳酪丟進嘴裡。當一口紅酒一口乳酪下肚後，肚子裡的飢餓蟲子也開始蠕動了。

在高知的演唱會後，我曾光顧好幾次「髮簪」，那裡的蔬菜、魚和酒都超級美味。這回老闆夫婦寄了蔬菜給我。

每次去到鄉下，總覺得大都市實在缺乏天然的食物恩惠。縱使什麼都有，卻沒有以前的感動。年齡也會改變喜好，從原本喜歡費工的料理，變成喜歡食材原有的味道。有這種變化的應該不只有我吧？

打開紙箱，把裡面塞滿的蔬菜一樣一樣取出，感覺好興奮雀躍。拿到廚房排成一列，想著今晚要煮什麼，心情頓時備感愉悅。

把家裡有的牛蒡、紅蘿蔔、油豆腐餅、蓮藕和高知的蘿蔔絲和甜菜豆一起煮成燉菜。小松菜做成味噌醋涼拌。把一顆一顆仔細包好的新鮮雞蛋打開，做成玉子燒。早上把用土鍋煮好的糙米飯從餐盒移到蒸籠。已經使用了二十年以上的老舊餐盒，是京都的「桶庄」做的，雖然外圍的圓箍已經有點鬆脫了，還是可以用。

可以在自己自由的時間吃自己喜歡的食物，眞是小小的奢侈。

雖然沒有可以說「眞好吃，對吧！」的對象，是單獨一人的寂寞餐桌，但我現在卻樂在其中。很難完全遺忘已離開人世的親人，但每天好好地做菜，做些家事，保持對活著的肯定態度，就能讓自己活得輕鬆快樂。我現在已體會到這一點了。

有一天，我突然發覺水可以讓心情變好。水溫和體溫和氣溫有著微妙的關係。水的觸感其實和季節的變化息息相關，我像平常一樣站在廚房洗東西，打開窗戶，讓宛如夏季的涼爽微風吹進來。電視的氣象預報員說：「明天應該是濕度低、很爽朗的晴天。」太好了，明天來洗衣服！

早早起床，把要洗的衣服搜一遍。我很喜歡洗衣服。洗衣服，也洗寢具，還有廚房和浴室及馬桶的墊子。晾衣服的地方不夠，於是在院子裡架起簡易的晾衣竿。

感覺好幸福啊！

讓人心情舒爽的風和陽光。雖然過著很容易往內心鑽牛角尖的日子，但只要趁好天氣狠狠地洗一掛衣服，就不必看醫生了吧。

一九七三年我組成了糖寶貝樂團，後來解散，開始單飛，轉眼已過了四十年。每次和當時的樂團成員山下達郎見面時，我們總是不敢相信自己竟然努力了這麼久。像他這種在大眾舞台仍是第一線的歌手說出這樣的話，讓人體會到連商業音樂的世界也是瞬息萬變。

只要不是受雇於誰，不繼續做音樂就無法生活下去，但如果沒有許多支持的樂迷，自己再怎麼努力終究也是沒用。

以前錄過許多唱片的錄音室，現在已相繼關閉，目前東京都內的錄音室宛如風中的燭火，所剩無幾。

時代變遷，現在已是數位的時代，音樂也同樣面臨相同的考驗。從以前的唱片變成CD，到現在的數位檔案下載。

俯視流行這種東西，在將要被遺忘之際又會再度重返。說到底，創作人只要維持自己的特色堅持做下去，總是能開創有別於流行的自我新天地。不只是音樂，有著相同理念的人支持著我，能這樣長久持續下去的才漸漸變得自由了。

前幾天我在一本小說中讀到這樣的句子：「自己的工作有一天必定會回到自己身上。」（松家仁之先生的《火山的山麓》）自己無法認同的東西絕對不讓它問世，與其說是固執，更是對自己負責的態度。

我在七〇、八〇、九〇年代，一直到二〇〇五年左右爲止，幾乎每年發行一張專輯，持續舉辦巡迴演唱。巡迴演唱結束後，就開始著手寫下一張專輯的詞曲，然後是錄音。這些工作約要花費半年的時間，回過頭看就像駕著馬車般一路奔馳。每一天都沉浸在音樂中，根本沒有時間思考私人的生活。

在接受訪問時，我經常被問到假日時都做些什麼，我總是回答，「洗衣服和打掃。」很無聊的答案，但這就是事實。

寫好的新曲，在隔了一段時間後重新聽，有時會發現沒有達到自己想像的部分缺失，這也讓人羞愧。但已無法用橡皮擦擦掉，只能期許自己下次改進。這可說是讓我持續做音樂的最大動機吧！

二〇〇六年和簽約的唱片公司結束合作之後，〇七年我開始獨立，以每製作一張唱片就簽一次合約的方式進行，因此工作的步調一口氣慢了下來。以前的合約如果說好每年得發行一張或是三年得發行兩張，就得按合約執行，而當沒有了合約時，突然就懶了下來。

有空閒的話，就來做自己想做的事吧！我總是這麼想，但我喜歡的事又是什麼呢？邊想邊拔著院子裡的雜草，果然拔草是我喜歡的事。

早晨，我打開雨窗，聽到開窗的聲音，頓時有三隻貓跑了過來。三隻爭相把臉貼在拉門式的玻璃門上，打著招呼，「早飯呢？」其中一隻很黏人。我取出屋簷下我做的貓屋裡的毛巾，開始拍打著，大量的貓毛在空中飛舞著。不戴口罩不行。

這些貓不是我養的，也不全然是野貓。但是，貓在這裡有自己的家和地盤，而且還總是想找縫隙往家裡頭鑽。「不行喔　」在我冷冷說了一句後，兩隻貓逃到別處，另一隻黏人的貓則佇著不動，只是愣住抬頭望著我，一副「不行嗎？」的臉。請別以這種眼神看我，我的心就要動搖了。

到了早上，露台總是放著什麼東西，「啊，這不是壁虎嗎？不行不行！」你們在半夜時到底做了什麼？

我還在想這時期都會把肚子貼在廚房玻璃的壁虎爲什麼都沒出現了，原來是貓搞的鬼啊。眞可憐，有一隻前腳斷了，幸好還活著，逃到地板下了。

隔天早上又是另一隻壁虎，這次是已斷氣的另外一隻。你們怎麼可以這樣！破口罵貓也沒用，隔一天早上，仍然是壁虎……因爲太過害怕而身體僵硬。我趕緊解救牠，把牠放到家裡玄關的暗處，讓牠逃走。「要記得幫我捉蚊子喔。」

我心想，明天一早應該沒戲唱了吧，結果卻出現蛇，是一隻只有二十公分的細小的蛇，應該還是小蛇吧。

是給我的禮物嗎？但我不要喔，捕捉這種東西拿到家裡會讓我很困擾的，你們還是在外面玩吧。

這世間似乎有所謂的年齡界限。我今年邁入六十歲，沒有眞實感，也沒認眞思考過年紀的事。但唱歌確實是有年齡限制的。

聲帶有一天會衰弱，爲了維持，我盡可能妥善維護自己的身體，衰弱或許不是漸漸的，而是某一天突然降臨。無法唱歌意味著音量減弱，或是無法做細微的控制。如果察覺這件事，我就要宣布引退了。

這是身體方面的限制，但即使唱不了太多，我覺得唱歌還是很快樂的。而且這是最近才有的想法，或許是因爲快走到終點了，心境變化的關係吧。就像慢慢把肩上的行李卸下，覺得心情變輕鬆了。

剛好有機會在這裡記下自己迎接六十歲的心境。

盡量維持目前狀態的心情是不變的，即便有不足之處，現在的生活是自己選擇的，我清楚明白，也會帶著這樣的心情走下去。

美酒是給努力工作的人的獎賞，不工作的人不應該喝酒。當感覺不到酒好喝時，我都會稍稍反省自己。

向腳下磨蹭翻轉的貓咪學習，也應該偶爾學著撒嬌吧……學得會嗎？

身邊的一切是如此讓人愛憐，能這麼活著，我打從心底感激。

二〇一三年六月

寫在最後

「我的生活方式」專欄在雜誌上連載了八年，標題乍看下有點傲慢。剛開始覺得應該有很多題材可以寫，但日常生活說到底就是相同的重複，回過頭來讀，發現不過是四季重複了八次。

睡覺、吃飯、工作、遊戲。在這些重複中年紀隨之增長，度過了平凡的一生。然而每個人的人生都有使命，就像齒輪的一環，精準相扣，緩慢不停地旋轉，頃刻間，古老的齒輪無可避免地老舊壞損，得換上新的。時代就是這樣被創造出來的吧！

體驗過戰爭的雙親總是對我說：「你生長在一個美好的時代，豐衣足食，而且能夠做自己喜歡的事。」我自己也十分認同。

能夠從事自己喜歡的音樂，靠音樂生活，我由衷感謝。但登上舞台的壓力卻始終沒減輕過。我重新體認到，能夠回歸自我的時間，唯有和家人在一起的時候。

去年雙親相繼過世，我才體認到父親和母親在無形之中引導著我。現在的我，就像被拋棄的小狗，只能獃然望著周遭，迷失方向。「你可以自由了，愛去哪裡就去吧，想做什麼都可以喔！」父親的話救了我。

自由是很棒的詞，但我也重新認知到自由是多麼困難的事。隨著時間流逝，應該會聽到「來這裡吧！」的內心呼喚吧。

年輕時就像打地基般，爲了建造堅固的家，打造了堅固的地基，一下子改用土壤，一下子放入石塊，拚命地努力。但是自己到底想建造一個什麼樣的家，現在卻想不起來了。或許這四十年我一直持續打造著地基，又或許早就建好了家，只是自己看不見而已。

最後在此感謝《思想者》雜誌的總編輯，以及當初向我邀稿開闢此專欄的松家仁之先生，還有之後交接的須貝利惠子小姐，和替每一期的連載繪製溫暖插圖的伊藤繪里子小姐。在此獻上我最深的感謝。

二〇一三年九月二十五日

大貫妙子

本書文章出自《思想者》（考える人）
二〇〇六年冬季號——二〇一三年夏季號

我的生活方式

作者　大貫妙子
譯者　黃碧君
設計　CAGN
特約編輯　賴郁婷、張雅慧
責任編輯　林明月

發行人　江明玉
出版・發行　大鴻藝術股份有限公司　合作社出版
台北市103大同區鄭州路87號11樓之2
電話:(02)2559-0510　傳眞:(02)2559-0502
電郵:hcspress@gmail.com

總經銷　高寶書版集團
台北市114內湖區洲子街88號3F
電話:(02) 2799-2788　傳眞:(02) 2799-0909

2016年4月初版
ISBN 978-986-91861-7-9

WATASHI NO KURASHIKATA by TAEKO ONUKI

國家圖書館出版品預行編目(CIP)資料
我的生活方式/ 大貫妙子著. -- 初版. -- 台北市;
大鴻藝術合作社出版, 2016.04
288面;14.8×21公分
ISBN 978-986-91861-7-9(平裝)
861.6　　104025020

合作社